앨리스 앤솔로지

이상한 나라 이야기

앨리스 앤솔로지
이상한 나라 이야기
ⓒ 배명은·김청귤·이서영 2023

초판 1쇄   2023년 4월 14일

지은이   배명은·김청귤·이서영

출판책임	박성규	**펴낸이**	이정원
편집주간	선우미정	**펴낸곳**	도서출판 들녘
기획이사	이지윤	**등록일자**	1987년 12월 12일
편집진행	이동하	**등록번호**	10-156
디자인진행	고유단	**주소**	경기도 파주시 회동길 198
일러스트	윤재민	**전화**	031-955-7374 (대표)
편집	이수연·김혜민		031-955-7384 (편집)
마케팅	전병우	**팩스**	031-955-7393
경영지원	김은주·나수정	**이메일**	dulnyouk@dulnyouk.co.kr
제작관리	구법모		
물류관리	엄철용		

ISBN   979-11-5925-766-7 (03810)

고블은 도서출판 들녘의 장르문학 브랜드입니다.
값은 뒤표지에 있습니다. 잘못된 책은 구입하신 곳에서 바꿔드립니다.

앨리스 앤솔로지

이상한 나라 이야기

배명은

김청귤

이서영

gobl

목차

모자 장수와 나

_____ 배명은

기적소리가 울렸다.

기찻길을 내달리는 기차의 창문이 연방 덜컹거렸다. 아리는 소매로 하얗게 성에가 낀 창을 닦아냈다. 창 너머로 잔뜩 찌푸린 하늘을 올려다봤다. 금방이라도 눈이 쏟아질 것 같았다. 어느 순간부터 코끝이 시리기 시작하더니 백색의 풍경들이 쏜살같이 지나갔다. 잔뜩 눈이 쌓인 평야, 낮은 집들, 그리고 멀리 있다가 가까이에 나타나는 백의 숲들. 아리는 그 풍경 속에서 뭔가를 찾듯이 한참을 바라봤다. 한없이 그 흔적들을 쫓다가 눈앞이 핑그르르 돌아 붙잡힌 시선을 겨우 돌렸다.

객차 내부는 고요했다. 오래도록 기차는 달렸으나 아직 신의주는 멀었는지 연방 곰방대를 피워 물던 할아버지도, 칭얼대던 갓난쟁이와 그 어미도, 옆에 앉은 김부용도, 여전히 꿈나라였다. 얹은머리를 한 부용의 머리가 아리의 어깨에 닿았다.

경성역에서 처음 만났을 때부터 부용은 오래도록 알고 지낸 이처럼 아리를 대했다.

"네가 심영현 어르신 손녀 맞지? 열여섯이라고 하던데 키가 나보다 크네. 너의 이모도 훤칠하던데, 너 역시 외탁이구나."

왜소한 체구에 비해 목소리는 경성역에 몰려든 사람들보다 더욱더 컸다. 주위의 시선이 부용과 아리에게 닿았다. 아리는 대답 대신 들고 있던 보따리를 끌어안았다. 숫기 없어 보이는 태도에 부용은 호탕하게 웃었다.

"난 네 이모의 부탁으로 널 데리러 온 김부용이야. 그

간 혼자서 고생이 많았다. 앞으로 네가 펑톈奉天에서 편히 지낼 수 있도록 내 힘껏 도와줄게."

불쑥 내민 손을 가만히 쳐다만 보던 지난 시간이 떠올랐다.

아리는 나무 의자에 엉덩이가 배겨 몇 번이나 몸을 들썩였다. 부용이 깰까 봐 숨조차 제대로 쉬지 못했다. 창밖을 보자 비슷한 풍경만이 스쳐갈 뿐, 앞으로 얼마나 더 가야 하는지 가늠이 되지 않았다. 만주로 가서 이모를 만날 줄 알았으나 부용은 펑톈으로 간다고 했다.

"정연실이 있는 곳은 위험해. 일본 놈들이 독립군을 하나라도 더 잡기 위해 혈안이거든. 불시에 나타나 잡아가서 고문한단 말이야. 게다가 거기에서 어린 네가할 것도 없어. 네 외할머니가 좋게 돌아가신 것도 아니잖아. 혈육이라곤 네 이모 정연실뿐인데 너만이라도 편히 살아야지. 낮엔 작은 동물을 잡고, 밤엔 야학에 다녔다면서? 아빠를 닮아 사냥꾼 기질이 있고, 엄마 닮아서공부를 잘한다고 네 이모가 어찌나 자랑을 하던지. 우리 남편은 펑톈에서 부자로 통해. 네가 하고 싶은 공부

11

실컷 하게 해줄 수 있어."

이모 이야기를 할 때 부용은 누가 들을세라 목소리를 낮췄다. 부용은 독립군인 이모 정연실과 대한여자청년회에서 만났다고 했다. 그러나 이듬해 결혼하고 아이를 낳아 활발한 활동은 못했다고 했다. 그 길이 얼마나 위험하고 어려우며 고된 일인지 알기에 부용은 부채감과 존경심으로 이모의 부탁을 부족함 없이 들어주고 싶어 했다.

감사한 일이지.

귓가에서 할머니의 목소리가 들리는 듯하다. 아리는 무릎 위에 올려놓은 보따리를 만지작거렸다. 할머니가 돌아가신 지금 아리는 무엇도 하고 싶지 않았다. 모든 게 의미 없어 보였다.

드르륵. 문 뒤 칸이 열리는 소리에 그녀는 고개를 돌렸다. 흰색과 검은색이 섞인 격자무늬 양장에 중절모자를 쓴 남자가 걸어왔다. 어찌나 깡말랐는지 등에 큰 궤짝을 짊어졌는데 한눈에 보기에도 버거워 보였다.

기차가 덜컹거리자 남자가 휘청거리며 옆의 의자를

짚었다. 그의 처진 두 눈이 졸고 있는 할아버지 머리에 향한다 싶더니, 순식간에 갓을 벗겨냈다. 예의범절 따 윈 찾을 수도 없는 모습에 아리는 숨을 삼켰다. 도둑일 까? 남자는 느긋하게 제 모자를 벗고 그 갓을 썼다. 창 문에 그 모습을 비추며 입술을 끌어 올렸다가 끌어 내 렸다가, 하아, 이내 깊은 한숨을 내뱉었다. 그러더니 긴 팔을 뒤로해 궤짝 안에 중절모를 집어넣었다. 참으로 이상했다. 그 누구도 사내의 그런 행동을 보지 못한 듯 했다. 아리만 빼고.

자신을 쳐다보는 시선을 못 느꼈는지 남자는 유유히 갓끈을 매며 비틀비틀 통로를 걸었다. 부용이라도 깨워 서 이를 알려야 할까? 그러나 아리는 남자의 행동이 자 못 궁금해졌다. 조용히 몸을 낮춰 지나치는 그의 뒷모 습을 봤다. 걸음은 위태로우나 손은 빨랐다. 손짓 한 번 에 어떤 아저씨의 목에 친친 감긴 목도리가 손에 쥐어 져 있었다. 위아래를 보다가, 목에 대보다가, 이내 뭐가 마음에 안 드는지 뒤로 던져버렸다. 그렇게 자연스럽게 도둑질하던 남자는 앞칸으로 향하는 문을 열었다.

아리는 조심히 그 뒤를 따라가서 닫히는 문을 간신히 붙들었다. 그 틈으로 졸고 있는 일본 군인 몇이 보였다. 어느새 남자는 그들 옆에서 한 명의 군모를 벗겼다. 아리는 다시 숨을 삼켰다. 아무리 도둑이라고 해도 간도 크게 일본 군인의 모자를 훔쳐 쓰다니. 당장이라도 들킬까 봐 그녀의 심장이 빠르게 뛰었다.

한편으론 남자의 행동이 마음에 들었다. 할아버지의 갓을 훔친 건 나빴지만, 원수 같은 일본 놈들의 물건을 훔친 건 전혀 나쁜 짓 같지 않았다. 그깟 모자 하나뿐이지 않은가. 그들은 우리에게서 훨씬 더 많은 것을 훔쳐 갔다.

아리에게서 사랑하는 외할머니마저 앗아갔다. 그날 일이 불쑥 떠올랐다. 외할머니의 맞은편에 선 군인이 일본도를 휘두르는 모습. 아리는 눈을 질끈 감았다.

그때.

끼이이익.

굉음과 함께 기차가 급정거하기 시작했다. 아리의 몸이 앞으로 쏠렸다. 황급히 옆 기둥을 붙들었지만, 진동에 의해 바닥에 주저앉아버렸다. 들고 있던 보따리를 놓쳐버렸다. 보따리가 통로에 미끄러져 바닥에 구르자 그 옆에 위태롭게 서 있던 남자가 요란한 소리를 내며 나자빠졌다.

"마적 떼다!"

누군가의 외침과 동시에 성에가 낀 창문 너머로 말을 탄 사람들이 지나갔다. 잠에서 깬 승객들이 웅성거리기 시작하고 이내 총성과 비명이 들렸다. 상황을 인지한 군인들이 총을 들고 일어났다.

"우에다, 너 모자는?"

앞칸으로 뛰어가던 한 일본군이 제 머리를 만졌다. 모자가 없었다. 뒤를 돌아 허둥지둥 모자를 찾았다. 날선 질책이 떨어졌다.

"이봐 지금 그게 문제가 아냐!"

"네!"

당황한 군인이 모자 찾기를 포기하고 돌아섰다. 그런 군인의 눈에 바닥을 기는 남자가 들어왔다. 큰 궤짝 때문에 일어서는 게 힘들어 보였는데 그 머리에 자신의 군모가 있었다.

"이 새끼도 마적이다! 꼼짝 마!"

군인이 다급히 소리치며 총을 찾아들었다. 군인의 동료는 이미 앞칸으로 이동했고 남아 있던 승객만이 드리워진 총구에 몸을 숙였다. 남자가 고개를 들어 소리치는 군인을 봤다.

"네놈도 마적과 한패지? 그 궤짝 뭐야? 당장 내려놔!"

상황이 급박하게 돌아감에도 아리는 모자 도둑 옆에 있는 보따리에 시선을 뗄 수 없었다.

'저 보따리를 주울 수 있을까.'

밖에서 총성이 이어졌고 군인은 혼자 있는 게 불안한지 연방 좌우를 살폈다. 총소리가 점점 가까워졌다. 문이 벌컥 열렸다. 앞칸에 있던 승객들이 총격전을 피해 도망쳐 들어왔다. 군인이 어쩔 줄 몰라 총구를 돌릴 때, 그걸 놓치지 않고 모자 도둑이 자리를 박차고 일어나 출구를 향해 인파 속으로 뛰어들었다. 탕탕. 군인이 총을 쐈다. 마구잡이로 쏘아대는 통에 승객들은 머리를 숙이며 비명을 내질렀다.

"안 돼!"

아리가 다급히 외쳤다. 모자 도둑이 일어서며 보따리도 들고 도망쳤기 때문이었다. 거기엔 소중한 것이 있었다. 어떻게 가져온 것인데, 이대로 잃어버릴 수 없었다. 더는 생각하지 않고 아리는 힘껏 총을 쏴대는 군인을 밀쳤다. 불안정하게 서 있던 군인이 옆으로 고꾸라졌다. 그녀는 그를 지나쳐 앞칸으로 향하는 문을 열었다.

다음 객차엔 총을 든 마적들이 위압적으로 승객들을 을러대어 짐을 빼앗고 있었다. 모자 도둑은 아예 기차에서 내려버렸다. 그는 버거운 궤짝의 어깨끈을 붙들고 눈 쌓인 들판을 가로질러 도망치고 있었다.

아리는 그를 따라 기차에서 내렸다. 매서운 눈보라가 휘몰아쳤다. 선로를 벗어나 들판에 들어서자 쌓인 눈에 발이 푹푹 빠졌다. 솜을 누빈 검은 두루마기가 칼바람에 펄럭였다. 눈조차 제대로 뜰 수 없어 팔로 눈가를 가리고 남자의 격자무늬 옷자락만 쫓았다.

그렇게 총알이 난무하는 불 켜진 기차가 점점 멀어졌다.

들판을 가로지른 장수는 숲 앞에 이르렀다. 그는 높다란 나무들을 올려다보며 끝도 없는 숲속을 들여다봤다. 잠시 그 자리에 멈춰 서서 우물쭈물했다. 들어가야 하나, 돌아가야 하나.

"여기에 오면 안 되는데. 일이 꼬여버렸어. 하필 거기에서 마적단 놈들이 튀어나올 건 뭐야."

선택지는 두 개였지만, 기다리는 결과는 비슷할 터였다. 장수는 목 언저리를 만졌다. 여태까지 그럭저럭 잘 붙어 있도록 살아왔는데 그마저도 곧 끝일지 모르니 참 우울했다. 그래도 여기까지 왔으니까. 허공에 든 오른발을 내릴까 말까 고민하다가 에라 모르겠다, 하고 힘껏 눈밭으로 발을 디뎠다. 쌓인 눈이 구두 사이로 들어가 목이 긴 빨간 양말을 적셨다.

빽빽이 들어찬 자작나무들을 붙들며 조심히 나아갔다. 들판에서 날카롭게 굴던 바람은 나무에 부딪혀 조금은 수그러들었다. 숲속으로 나아갈수록 나무 사이는 좁아지고 길은 점점 가팔라졌다. 계속 이어지는 오르막 길에 장수의 입에서 욕지거리가 나왔다.

"이런 썩을! 아이고 내 팔자야! 더럽게 힘들고, 추워 죽겠네. 근데 어디로 가야 하는 거야?"

사위가 점점 어두워졌다. 하얀 눈이 쌓인 숲은 거기 가 거긴 것 같아서 잠시 제자리에 멈춰 주위를 살폈다. 익히 아는 바대로라면 여기쯤에서 길이 열려야 했다. 근심과 고통이 가득한 그 나라가. 그런데 덥석, 누군가 가 그의 궤짝 끈을 붙들었다.

화들짝 놀라 뒤를 보니 웬 젊은 처자가 있었다. 담비 털을 덧댄 볼끼♦로 귀와 볼을 가렸지만, 세찬 겨울바람 에 튼 두 볼이 발갛다. 짙은 눈썹이 보기 좋게 구겨지며 그 밑 초롱초롱한 두 눈이 장수를 쏘아보았다. 그는 인 간 처자가 왜 인적도 없는 이곳에서 자신을 붙들고 있 는지 의아했다.

"어디서 솟아났니?"

♦ 턱과 귀, 뺨, 정수리 등 머리에 둘러서 사용하는 방한구.

"내 보따리 내놓아요!"

다짜고짜 하는 말이 선뜻 이해가 가지 않아 다시 물었다.

"여기 사람도 아닌 것 같고, 설마 기차에서부터 따라온 거야?"

"아재가 훔쳐 간 내 보따리 내놓아요!"

처자가 궤짝을 이은 줄을 흔들어댔다. 그 힘이 어찌나 센지 장수는 눈길에 주르륵 미끄러져 넘어질 뻔했다. 튼실한 팔로 연방 흔들어대니 눈앞이 휘휘 돌았다.

"그, 그만! 어른 공경도 몰라? 어찌 젊은 처자가 이 갓귀를 이겨 먹으려고."

"아재가 훔쳐 간 내 보따리….."

장수는 같은 말만 되풀이하는 처자에게 그만하라고 손가락을 세웠다.

"내가 왜 처자의 보따리를 훔쳐….."

발뺌해보지만.

"내 보따리 내놔요!"

처자가 다시 소리를 내질렀다.

21

"그만, 그만! 주면 될 거 아니야!"

장수는 언제까지고 이렇게 실랑이를 벌이고 싶지 않았기에 구시렁거리며 어깨끈을 벗었다. 묵직한 궤짝을 바닥에 내려놓았는데도 여전히 등에 궤짝이 매달려 있는 기분이 들었다. 그 앞에 쪼그려 앉아 오만상을 찌푸리며 궤짝을 마냥 쳐다봤다. 잠시 그렇게 아무것도 못 하고 쭈뼛대자 처자가 가까이 다가섰다.

"거, 손이 얼어서 그런 것이니 재촉하지 좀 마."

뚜껑을 열자 검은 어둠이 자리한 내부가 보였다. 옆에 선 처자가 허리를 숙여 그 안을 들여다봤다. 장수는 궤짝 안으로 손을 집어넣었다.

궤짝 안은 엉망진창이었다. 대충대충 쑤셔 넣었으니 그럴 만했다. 보따리가 한눈에 보이지 않으니 다 꺼내 봐야 했다.

"어디 보자. 맥고 모자, 파나마, 백립♦에, 갓에, 사모? 아직 이걸 가지고 있었다니. 갑자기 지난날이 그리워지

♦ 갓의 일종으로 흰 베로 만들었다.

22

는군. 이걸 쓰고 잘나갔던 그 시절엔 이런 고생도 몰랐었지. 누구나 이 갓귀의 모자들을 칭송했어. 물론 몇몇은 이런 양갓을 보고 멋들어지다고 했지만, 나는 그렇게 생각하지 않아. 옛날 모자들이 그리워."

챙이 좁고 위로 길쭉한 모자를 뒤로 던지며 옛 생각에 눈물을 글썽였다. 그때 검은 소매가 궤짝으로 쑥 들어갔다. 화들짝 놀란 장수가 처자를 쳐다봤다.

"뭐 하는 거야?"

"내 보따리 찾아요."

"성질 참, 찾고 있잖아. 나는 뭐 옛날 생각도 떠올리면 안 돼?"

처자의 눈이 날카롭게 번뜩였다. 장수는 입을 딱 다물고는 궤짝 안을 보다가 반색했다.

"남바위♦구먼. 이렇게 추운데 잘됐어."

쓰고 있던 군모를 벗고 검은 비단에 털을 덧댄 모자

♦ 방한모의 일종으로 정수리 부분만 뚫린 채 머리와 귀 부분은 가리고 뒤통수 부분은 길게 늘어트린 형태다.

를 썼다. 귀와 목까지 덮으니 살을 에는 바람이 더는 괴
롭지 않았다.

"처자를 위한 난모♦가 있는데 쓰겠나? 그 볼끼로는
한기를 다 막을 수 없을 것 같은데. 남바위? 아니면 조
바위♠라도?"

어느새 처자의 상체가 궤짝 안으로 쑥 들어가자 단화
를 신은 두 다리가 밖에서 달랑거렸다. 저러다 쑥 빨려
들어가 길을 잃을까 걱정이었다. 처자는 손에 잡히는
온갖 모자를 밖으로 내버리면서 궤짝 안을 헤집기 시작
했다. 그러더니 보따리를 찾아냈다. 아, 드디어. 장수는
바닥에 수북이 쌓인 모자들을 모아 궤짝에 아무렇게나
집어넣었다.

"내 일부러 훔치려 했던 건 아니지만, 뭐, 결국엔 찾
았으니 빠르게 헤어지자고. 어서 멀리멀리 가버리게."

그렇게 처자를 두고 돌아서려고 할 때였다.

♦ 전통 한복에서 방한모의 총칭.
♠ 여성용 방한모. 귀와 뺨은 가리되 정수리 부분이 뚫려 있다.

갑자기 돌풍이 불었다. 헐벗은 나무들이 가지를 부딪쳤고 아리와 장수의 옷자락이 펄럭였다. 눈발이 눈 앞을 가렸다. 나무가 내는 소리에 장수는 눈을 가느스름하게 뜨며 앞을 봤다. 꼿꼿이 선 나무가 몸을 흔들어대더니 몸체를 불리며 기이하게 뒤틀렸다. 장수는 뒷걸음질 쳤다. 숲 전체가 움직였다. 나뭇가지들이 꿈틀대며 하늘을 가렸다.

장수는 뒤를 돌아봤다. 처자가 보따리를 안은 채 주위를 불안한 눈빛으로 살피고 있었다. 보따리 안에서 스멀스멀 검은 기운이 뻗어 나왔다. 그 불길한 기운에 섞여 음습한 바람이 불었다. 설마 내 길이 아닌 저 처자의 길이 열리는 것인가. 주위가 기괴하게 변하니 좋은 쪽의 길은 아니었다. 장수가 소리쳐 물었다.

"그 보따리 안에 대체 뭐가 들어 있는 거야?"

마주 보는 처자의 얼굴이 창백해졌다. 갑자기 몰아친 것처럼 돌풍이 사라진 것도 순식간이었다. 눈 깜빡 한 번에 주위가 순식간에 어둠으로 물들었다.

"보따리에 뭐가 있든지 당장 버려. 그게 우릴 죽일 거야!"

아리는 갑작스럽게 찾아온 어둠보다 위협적으로 돌변한 남자의 모습이 두려웠다. 어둠 속에서 그가 자신을 향해 손을 뻗는 걸 느꼈다. 몸을 틀자 기척이 바로 옆에서 느껴졌다. 보따리를 휘둘렀다. 둔탁한 충격과 함께 장수가 비명을 질렀다.

"당신이 알 바 아니에요!"

보따리를 되찾았으니 빨리 부용이 있는 기차로 가야 했다. 기차는 아직 멈춰 있을까? 뛰고 싶었지만, 앞이 보이지 않아 그럴 수 없었다. 곳곳에 단단한 나무가 있어 손의 감각만이 유일한 길잡이였다. 고향의 어둠과는 달랐다. 야학이 끝나 집으로 향하는 산길과도 달랐다. 밤눈이 좋다고 자신하던 그녀지만, 이곳 어둠은 눈에 익지 않았다. 별이라도 떠 있으면 좋으련만. 원망의 눈으로 하늘을 보았으나 눈앞에 보이는 게 하늘인지, 높다란 나무인지 알 수 없었다.

"우린 이곳에서 나아갈 수 없어. 겸허히 받아들여. 숨 죽이고 고개를 숙이라고."

눈보라를 뚫고 지척에서 남자의 목소리가 들렸다. 주위를 살폈다. 어둠은 그에게도 마찬가지일 텐데 눈 쌓인 길을 헤매는 소리를 내는 건 아리뿐이었다.

"무슨 소리예요? 이대로 있다가 얼어 죽을 거예요. 기차까지 가면 돼요. 마적단은 사라졌을 테니까."

아리는 남자에게 하는 말인지, 스스로 다짐하는 말인지 모를 말을 하며 쌓인 눈에 몇 번이나 미끄러져 넘어졌다. 제대로 가고 있다면 곧 너른 들판이 나올 것이었다. 옷은 얼어붙어 무거웠고 날카로운 바람에 얼굴이 난도질당하는 느낌이 들었다. 남자의 목소리가 뒤를 따랐다.

"내 말을 전혀 듣지 않는군. 희망 따윈 없어. 손톱만큼도. 인정해! 길을 잃었잖아. 너는 이곳이 어떤 곳인지 전혀 알지 못해. 반면에 난 아주 잘 알지. 위험한 곳이야. 절대 사라지지 않을 곳이지. 아무리 걸어도 빠져나갈 수 없어. 지금의 네 의지 따윈 아무런 도움이 안 돼. 얼어 죽겠다고? 오히려 그게 더 축복일걸."

"아재나 그렇겠죠."

그렇게 대꾸하자 뒤에서 그녀를 쫓으리라 생각했던 남자의 목소리가 갑자기 옆에서 속삭였다.

"처자, 내가 아직도 사람 같나?"

불안감을 부추기는 남자의 말을 더는 듣기 싫었다. 앞이 보이지 않아 더 무서웠다. 그렇게 우왕좌왕하는데 단단한 무언가에 발이 걸려 넘어졌다. 손과 무릎이 아파서 눈물이 났다. 두려웠다. 할머니가 보고 싶었다. 예전처럼 그 따스한 손으로 아픈 자신을 일으켜줬으면.

"그래, 그렇게 울어. 좌절해. 어둠은 끝이 없으니까."

남자의 목소리가 음울하게 울려 퍼졌다.

"살고 싶어? 그렇다면 그 보따리를 버려!"

살살 꼬드기는 남자의 말에 아리는 고개를 들었다. 보따리를 품에 끌어안고, 추위에 곱은 손으로 눈물이 얼어붙은 얼굴을 문질렀다. 손을 뻗어 발에 걸린 걸 만져봤다.

꺼끌꺼끌하고 차가운 돌이 나무에 기대어졌는데 그 크기가 꽤 컸다. 굴곡이 느껴지는 면을 손끝으로 더듬었다. 축축하고 질긴 덩굴 밑으로 부드럽게 떨어지는 긴 선들을 따라가다 보니 단순한 돌이 아니었다. 가부좌를 튼 다리와 수인을 짚은 투박한 손. 중생들을 위해 자비를 비는 석불이었다.

아리는 그 석불을 꼭 붙들고 소매로 눈물을 닦았다. 바람이 잦아들었다. 눈발이 소리 없이 날렸다. 남자의 불만 어린 헛기침이 들렸다. 그 속에서 작은 빛이 하나 떠올랐다.

푸른 빛이 석불의 어깨 위로 날아올랐다. 하나 또 하나. 눈을 깜박일 때마다 그 수가 점점 늘었다.

"개똥벌레?"

한겨울에? 아리는 의문을 가지고 앞을 보다 깜짝 놀라 뒤로 물러났다. 어둠을 밝히는 빛에 석불의 모습이 어렴풋이 드러났다. 머리가 있어야 할 자리가 비어 있었다.

"곧 너도 저렇게 머리가 잘릴걸."

남자가 불퉁한 목소리로 중얼거렸다. 아리는 주위를 봤다. 작고 푸른 빛들이 곳곳에서 피어올랐다.

앞을 볼 수 있으니 한결 걸음이 빨라졌다. 눈마저 온순한 양같이 내렸다.

"죽은 자들의 혼이야."

남자는 끈질겼다. 모습이 보일 법한데도 그 어디에도 없었다. 아리는 눈앞에 떠오르는 빛을 봤다. 빛들은 강을 이루는 것처럼 곳곳에 흐르고 있었다.

"기분 나쁘군."

"언제까지 쫓아올 거예요?"

"처자의 길인데 내가 달리 갈 데가 있을까. 어딜 가나 죽을 길이지. 이 모든 게 다 너 때문이야. 아니지, 그 기분 나쁜 보따리를 훔친 내 팔자 때문이지. 그러니 내 탓이야."

깊은 한숨이 뒤로 흩어졌다.

"그러게 왜 남의 걸 훔쳐요? 아재만 없었어도 이런 일이 없었을 텐데."

"왜냐고? 나는 갓귀야. 모자 장수라고! 옛날에는 잘 나갔어. 누구나 내 모자를 찾았지. 그러나 날이 지날수록 그런 이들이 사라졌어. 나를 아는 이들도, 내 능력도 없어졌어. 그렇게 난 빈껍데기가 되었지. 어쩌겠어. 나는 모자 장수인데! 나는 갓귀인데. 존재하려면 남의 것이라도 훔쳐야지 않겠어? 이런 답답한 아가씨야. 세상이 뒤집혔어. 누구나 다 남의 것을 훔치고 이용하는 세상이라고."

"지금이 그렇다고 나까지 그래야 해요? 과거에도 폭력과 억압이 존재했어요. 나눠진 신분 계급과 언제 어디에나 있는 탐관오리들. 나라를 팔아먹은 이들이 어디서 들어왔겠어요? 그리고 앞날도 장담할 수 없다면, 그렇게 만들지 않는 게 우리들의 몫이라고요."

"우리? 난 빼줘. 그렇게 바른말 하는 이들이 빨리 죽었어! 나는 이렇게 살아서라도 존재하고 싶다고!"

그가 빽 소리를 내질렀다.

"어차피 죽을 거잖아요! 세상에 나온 이상 누구나 그 끝이 있다고요."

아리는 맞받아쳤다.

"고맙기도 하지. 덕분에 조만간 그렇게 되겠어. 아니, 내 빌어먹을 팔자 때문이야."

대화가 다시 처음으로 돌아갔다.

"아재는 그렇게 죽음이 두려워요?"

눈을 흘기며 묻자 뒤따르던 장수가 콧방귀를 뀌었다.

"이 세상 누가 소멸을 안 무서워하겠어? 처자는? 여기서 뱅뱅 돌며 얼어 죽거나 뭔가에 잡아먹혀도 안 무섭겠어?"

"우리 할머니는! 안 그랬어요. 일본 놈들에게 죽는 순간까지, 기도하셨죠."

긴 칼을 휘두르는 일본 군인 앞에서 기도하는 할머니를 떠올렸다. 목구멍에서 뜨거운 뭔가가 치밀어 올라 아리는 입술을 꾹 다물었다.

푸흐흐흐, 장수가 배를 잡고 웃었다. 허공을 밟고 올라가 뛰어내리며 깔깔깔, 그 자리에 주저앉아 두 다리를 흔들어대며 낄낄낄.

"너무나 바보 같은 말이라 웃음이 멈추질 않는군. 다

그런 척하는 거야. 감정이 있는 것들이라면 당연히 두려움도 있는 법이지. 살고자 하는 건 본능 같은 거거든. 처자 할머니는 죽음의 두려움보다 더 큰 두려움 때문에 초연한 척했던 게지. 처자 할머니는 죽는 순간 무얼 기도했지?"

할머니는 큰딸을 병으로 잃었다. 작은딸마저 독립군이 되겠다며 중국으로 망명했다. 목숨 잃기를 두려워하지 않는다면 그 뜻을 이루리라. 작은딸은 그렇게 일본 군인들과 싸웠다. 할머니는 딸의 안녕을 위해 마을에 있는 작은 성당에서 매일 기도하셨다.

언제부턴가 할머니와 아리는 일본 경찰의 감시 대상이 되었다. 그들의 탄압은 점점 심해졌다. 아리가 학교에 갈라치면 어느새 따라붙어 가방을 검사하고 불온한 이모의 사상을 욕했다. 어느 날 이모는 고위 간부를 죽이는 데 성공했다. 그리고 그날 밤, 복수의 칼날은 할머니를 향했다.

할머니의 더 큰 두려움?

아리는 무어라 입술을 달싹이던 할머니의 모습을 떠

올렸다. 그건 혼자 남을 아리의 앞날에 대한 기도였다.

"혼자 살아남는다 한들 빛 속에서도 어둠이고, 봄이어도 혹독한 겨울같이 내 세상은 무너졌는데 그게 과연 살아 있는 거겠어요?"

할머니가 돌아가시던 그때 자신도 죽었어야 했던 걸까. 그러면 더는 외롭지 않고 항시 참담하지 않을 것이었다.

아리는 돌아섰다. 히죽 웃기만 하던 장수도 더는 말이 없었다. 모자 장수는 사라진 자신의 친우들을 떠올렸다. 그 또한 어둠에서, 겨울같이, 무너진 세상에서 겨우 존재하고 있었다.

얼마나 걸었을까. 휘휘 불어대는 눈보라 속에서 눈을 밟고 앞으로 나아가는 소리만이 들렸다. 계속 걸어도 끝이 보이지 않았다. 아리는 바람에 펄럭이는 치맛자락을 붙들고 몸을 돌렸다. 추위에 몸이 꽁꽁 얼어버려 걷는 것도 힘들었다. 아리는 휘청이는 몸을 추슬러 왼편으로 붙어 섰다. 오른편은 가파른 비탈길이었다. 잘못해서 그곳으로 발을 디딘다면. 아리는 어둠 속에서부터 불어오는 돌풍에 눈을 감았다.

이내 아리는 크게 심호흡하고 발밑에서 돌을 하나 들었다. 그 끝으로 바로 앞에 있는 하얀 나무껍질 위를 횡으로 그어댔다. 곧 단단한 나무 표면에 상처가 생겼다. 아리는 일정한 거리를 두고 다른 나무에 같은 표식을 남겼다.

"너 말이야."

"나는 너가 아니라, 아리예요. 그리고 더는 아재랑 얘기하기 싫어요!"

볼멘소리가 나갔다. 모자 장수는 이곳을 벗어날 수 없다고 했지만, 아리는 어떻게서든 이곳을 나갈 생각이었다. 길을 잃었다면 찾으면 그만이었다. 그렇게 길을 따라 계속 걸었다. 오르막과 내리막을 차례차례 걸으며 왼편으로 크게 휘돌았다.

아리는 다음 나무에 다가서다가 멈칫했다. 하얗게 쌓인 눈 위에 붉은색이 번졌다. 가까이서 보니 자신이 낸 표식에서 핏물이 배어났다. 분명 한 방향으로 표시하며 계속 나아가고 있었는데 앞을 보니 나무들이 온통 피로

물들었다. 처음 나무에 표식을 새겼던 그 자리로 되돌아온 것이었다.

이때까지 아무 말이 없던 장수가 나무 앞으로 가서 손에 피를 찍어 입에 넣었다. 들큼하고 비렸다.

"인간의 피로군."

어둠 속에 떠다니는 빛줄기 사이를 가르고 선뜩한 바람이 불었다. 아리가 밭은 숨을 내쉬자 피어오르는 하얀 입김 너머로 피 흘리는 나무들이 몸을 떨어댔다. 아리는 저도 모르게 그 앞에서 몇 발짝 떨어졌다. 나무의 기괴한 움직임이 일순 멈췄다. 정적이 흘렀다. 아리의 불안정한 시선이 피맺힌 나무에 고정됐다.

갑자기 나무에 그어진 상처가 터지면서 핏방울이 아리의 얼굴에 튀었다. 고개를 돌렸다가 다시 나무를 바라봤다.

점점 벌어지는 상처와 드러난 누런 속살, 그 위에서 피로 물든 눈동자가 내려왔다. 그 시선이 아리를 노려봤다. 수많은 눈동자가 혼자 살아남은 아리를 타박하는 것처럼 보였다.

아리는 겁에 질려 뒤돌아 뛰기 시작했다. 상처가 난 모든 나무에서 핏물이 튀어 올랐다. 허공에 눈 대신 핏방울이 흩어졌다. 나무에 박힌 붉은 눈동자들이 우에서 좌로 데구루루 굴러 도망치는 아리를 뒤쫓았다.

장수는 그 자리에 서서 겁에 질려 도망치는 아리의 뒤를 빤히 바라봤다. 겨우 이런 거에 놀라 도망치다니, 인간이란. 아리는 무작정 길을 따라 앞만 보고 달렸다. 장수는 옷에 튄 핏방울을 털어내고 아리가 사라진 곳이 아닌 방금 그들이 왔던 방향으로 고개를 돌렸다. 잠시 뒤, 그곳에서 아리가 달려왔다. 겁에 질린 아리를 향해 손을 흔들었다. 얼씨구. 되돌아왔다는 사실에 경악했는지 아리가 눈을 질끈 감고 뛰기 시작했다. 얼마나 반복해서 이곳으로 와야 자신이 귀신한테 홀렸다는 것을 깨달을까.

'뭐 몇 바퀴 정도 돌면 고집도 꺾여 저 불길한 보따리를 내던지겠지.'

지나치려는 아리를 비웃으려고 할 때였다. 바스락. 소리에 뒤를 돌아보니 나무 사이에서 한 남자가 튀어나왔다. 한참을 헤매어 흐트러진 군복과 낯익은 얼굴, 기차에서 봤던 군인이었다. 피 흘리는 나무들을 보고 사색이 된 군인이 장수를 발견하고는 욕설을 내뱉더니 무작정 그들을 향해 총구를 겨눴다.

"니미."

이건 또 왜 여기서 나와?

장수는 몸을 돌려 뛰기 시작했다. 탕! 뒤이어 총성이 들렸다.

아리는 총소리에 소스라치게 놀라 비명을 내질렀다. 장수는 마주 달려오다가 멈춰서는 아리를 붙들었다. 탕. 다시금 들려온 총성에 장수의 몸이 휘청이더니 비탈길로 굴러떨어졌다. 궤짝에 등이 찍히고 갑자기 솟아난 나무에 머리를 박았다. 푸른 빛이 눈에 들어오다가 아득해졌다. 한참 구르던 몸은 검은 진흙에 얼굴을 처박고 나서야 멈췄다.

하하하하. 어둠 저편에서 웃음소리가 들렸다. 장수는 진창에서 고개를 들었다. 눈을 몇 번이나 끔벅였지만, 이물질이 들어갔는지 제대로 뜰 수가 없었다. 옷소매로 눈가를 연방 닦아냈다. 하하하하. 위쪽인가? 그는 몸을 일으켰다. 손으로 더듬거리며 궤짝을 찾았다. 그에게 남은 건 궤짝 하나뿐이었다. 그러나 바닥에 흩뿌려진 수많은 모자 더미 위로 부서져버린 궤짝을 붙드는 순간, 그는 어깨를 늘어뜨렸다. 더는 그에게 남은 것이 없었다.

"죽는 것보다 더하군."

손에 쥔 모자로 눈가를 닦아냈다. 웃음소리가 가까이 들렸다. 자신을 비웃는 것 같아 신경질적으로 잡고 있던 모자를 허공에 집어던졌다. 나풀거리며 바닥에 떨어지는 모자를 바라보던 장수의 귓가에 익숙한 목소리가 들렸다.

"갓귀는 어디에 있길래 모두가 모여 있는 이 행렬에

보이지 않는 건가?"

누군가가 자신을 찾고 있었다.

"그 천성이 제 맘에 들지 않으면 누구든 어울리기 싫어하는 자가 아닌가. 이 자리도 싫은가 보지."

친구들! 자신을 찾는 건 친구들이었다. 장수는 그들이 있는 곳으로 발을 옮겼으나 눈 쌓인 비탈길이 너무도 미끄러워 올라갈 수가 없었다. 그는 소리를 따라갔다.

"이봐, 나 여기 있네. 갓귀인 나도 여기에, 이 밑에 있어. 내 목소리가 안 들리는가?"

"언제나 자기밖에 모르고 자신의 안위만을 생각하지. 왜구의 침략에 절친한 동신이 소멸했을 때도 그는 도망가지 않았던가."

빠른 걸음이 갑자기 나타난 나무에 가로막혔다. 휘돌아 점점 멀어지는 무리의 뒤에 대고 소리쳤다.

"아니야, 나는 도망가지 않았어. 그를 구하려고 했지. 하지만 내가 많이 늦었을 뿐이야."

왜놈들이 자신들의 앞을 막는다고 멀쩡한 마을 지킴

이인 수호수를 잘라버렸었다. 동신의 잘린 몸을 불사르던 놈들. 장수는 화마에 뒤덮인 동신의 모습을 떠올렸다. 오히려 도망치라고 등 떠민 건 재가 되면서도 장수를 걱정하던 그였다. 변하는 세상에서 어떻게든 살아남아라. 장수는 그 말대로 살았다. 친구를 버린 자라는 오명을 쓰면서도 악착같이.

"그럼 그가 우리를 구하러 올 일이 없겠군."

하하하하. 친구들의 웃음소리가 멀어졌다. 장수는 퍼뜩 고개를 들었다.

"가지 마. 친구들, 나 여기에 있네. 나도, 나도 데려가게! 나만 두고 가지 말게!"

애절한 외침에도 그 행렬은 멈추지 않았고 구릉을 넘어 사라졌다.

"…나 혼자만, 두지 말게."

장수는 눈을 떴다. 검은 허공에 푸르른 불빛들, 지척엔 모닥불이 지펴져 추위를 몰아내고 있었다. 꿈이었나? 와그르르. 옆에서 아리가 모아 온 나뭇가지를 바닥에 내려놓으며 불퉁한 표정으로 장수를 내려다봤다.

"뭐예요?"

제가 물어야 할 질문을 했다.

"뭐?"

"그 총 든 남자요. 어떻게 여기에 있어요?"

장수는 힘겹게 일어났다.

"기차에서부터 우리를 따라온 것 같은데."

그렇게 대답하며 궤짝부터 찾았다. 꿈에서는 궤짝이 완전히 부서진 모습이었기에 불안해졌다. 다행히 머리맡에 있던 궤짝은 진흙투성이에 총알 자리 두어 군데뿐 부서진 곳은 없었다. 안도의 한숨이 절로 나왔다.

"대체 이곳은 어떤 곳이길래 이래요?"

아리의 목소리가 날카로워졌다.

"우린 숲의 틈으로 들어온 거야. 그 틈은 발을 디딘 이의 내면을 보여주지. 이런 것들, 저런 것들, 처자가 본 모든 것이 처자에게서 나온 거라고. 나를 잡지 말고, 기분 나쁜 그 망할 보따리 속의 물건을 탓해!"

장수의 마지막 말투에서 짜증이 묻어나자 아리가 맞

은편에 있던 보따리를 끌어안고 모닥불 앞에 앉았다. 이미 불운한 일이 가득한 상태이니 이젠 보따리 따윈 상관없었다.

"빠져나갈 길은요?"

"아까 내가 말한 걸 벌써 잊었어?"

"아재는 어떻게 하려고 했어요? 무슨 방법이 있으니까 이곳에 온 거잖아요."

"차라리 내 세상이었다면 이렇게까지 기괴하고 음울하지는 않았겠지. 얼마 남지 않았어도 나의 신묘한 힘으로 어찌어찌 잘 나가보았을 거야."

"신묘한 힘이요?"

아리의 의심 품은 말투가 곱지 않았다.

"믿겨지지 않겠지. 그럴 수 있어. 하지만, 내 신묘한 이 힘으로 허공을 짚어 날아오를 수 있고, 허공을 가르는 불이 될 수도 있지."

장수는 팔을 유연하게 뻗어 뼈대만 남은 손가락을 허공에 휘휘 흔들었다. 탁탁, 손가락이 위아래로 흔들릴 때마다 금으로 된 빛이 튀어 올랐다. 아리는 그 모습이

신기해서 마냥 바라보았다. 금방이라도 장수의 말처럼 커다란 불이 확 하고 일 것 같았다. 그러나 아리의 기대에 찬 눈은 시간이 지날수록 실망으로 바뀌었다. 장수는 연방 손을 흔들어댔지만, 불은 솟구치지 않았다. 마치 꺼져가는 장작의 불씨마냥 맥아리 없이 허공에 흩어지다가 이내 사라졌다. 장수는 급히 손을 거두며 변명을 내뱉었다.

"어허, 굴러떨어질 때 허리를 심히 다친 영향 때문인가. 단전에 기운이 흩어져서 이게 잘 나오지 않는군. 이게 중요한 게 아니지. 다른 방법이 있다면 이곳은 처자가 어떤 마음을 먹었느냐에 따라 바뀔 수도 있을 테고 그렇다면 조금 더 삶을 연장할 수도 있으니 좀 희망적으로다가 좋은 생각을…."

그는 말을 멈췄다. 아까 전까지 온갖 저주의 말로 저 보따리를 버리게끔 하려고 한 게 자신 아니던가. 희망적? 좋은 생각? 그런 건 이 갓귀랑 어울리지 않는 단어들이었다. 굴러떨어질 때 머리를 크게 다친 게 분명했다. 장수는 고개를 흔들고는 이어서 말했다.

"이 꼬라지를 봐. 밤은 끝없고 삭풍은 뼈를 갉아대지. 죽음이 공기 중에 떠다니고 어쩌다 보니 우리 둘이 아니, 총을 든 미친놈도 있고. 아니! 그놈은 왜 자꾸 총질이야?"

생각할수록 괘씸했다. 그놈 때문에 기차에서 내리게 되었고 이 숲까지 오게 됐다. 고얀 놈!

"아재가 그 사람 모자를 훔쳤잖아요!"

그가 버럭 화를 내자 아리가 맞받아쳤다.

"망할! 지들은 남의 나라도 빼앗아놓고 그깟 모자 가지고 죽이려 들어?"

"그러게 남의 모자는 왜 그렇게 훔치는 거예요?"

질문이라기보단 혼내는 말투였다. 장수는 입술을 삐죽였다.

"너는 몰라. 모자 장수가 모자 없이 어떻게 사나?"

"어차피 그게 업도 아니잖아요. 아까 보니까 훔치고, 본인 머리에 뒤집어쓰고, 맘에 안 들면 그 궤짝에 넣어 버리고!"

"그야 모자를 훔쳐 쓰면 그들의 머릿속이 눈앞에 휜

하고 가끔이지만 잊고 있었던 지난 기억이 떠올라 소소하게 위로가 되니…."

말을 하다 말고 장수가 입을 쩍 벌렸다.

"그걸 다 봤다고? 대놓고 보였다고? 원래 인간은 내가 은밀히 행동하는 모습을 못 봐야 정상이라고! 난, 망했어."

갓귀로 살아오면서 이제껏 모자를 훔쳤을 때 걸린 적이 단 한 번도 없었는데 하필이면 오늘, 그것도 두 번이나 걸리다니. 잘하던 짓이 더는 그렇지 않게 되었다는 생각에 금세 울적한 마음이 들었다. 충격에 몸져눕고 싶어졌다.

"아직 제 말에 대답을 안 해줬잖아요."

아리가 돌아서 누우려는 장수를 붙들었다. 두서없는 말만 이어 내뱉다가 그냥 넘어가려고 하다니. 그의 말에 휩쓸리면 제대로 된 대화가 되지 않았다.

"뭐가? 아아 빠져나갈 방법? 포기 안 한 거야? 그렇게 살고 싶은 거야? 왜 마음이 바뀌었어? 혼자 남아 살아도 산 것 같지 않다더니."

장수의 곱지 않는 질문에 눈이 커졌다. 아리는 단지 이곳을 빠져나가고 싶은 마음이 들었을 뿐이었다. 그게 살고 싶다는 말이 된다는 걸 장수의 질문으로 깨달았다. 그것이 정말 본능일까. 모닥불의 빛이 아리의 얼굴을 물들였다. 그게 진짜라면 돌아가신 할머니에게 무척 부끄러운 일이었다.

아리가 대답을 못 하자 장수는 득의만만한 표정을 지었다. 키득거리며 한껏 비웃다가 이상한 기분에 입을 꾹 다물었다. 비웃음. 그건 자신을 향한 친구들의 웃음과 같았다. 왜 아리의 처지만 생각했다 하면 명치 끝이 묵직하고 머리 꼭대기가 콕콕 쑤셔댈까.

'누구나 소중한 무언가를 잃고 홀로 남겨져. 그게 뭐? 그건 나도 마찬가지….'

누군가의 희생을 밟고 산 목숨. 장수는 쑤셔대는 정수리를 손바닥으로 문질렀다. 갑자기 이 모든 게 낯익게 다가왔다. 저승의 초입처럼 펼쳐진 아리의 세상. 한기와 죽음이 만연한 이곳. 이 처자는 혼란스러운 거다. 동신을 막 잃었을 때, 그때의 자신처럼.

아리가 자리에서 벌떡 일어섰다.

"나무 좀 주워 올게요."

장수의 시선이 옆에 쌓인 나뭇가지에 꽂혔다. 아리를 부르려다가 입을 다물었다. 불러서 무엇할까.

'무슨 말을 하려고? 할 말이 뭐가 있어? 살고 싶다는 본능이 수치스러워도 그건 너의 몫이다? 혼자 살아남 았다면 내 팔자다, 하고 그러려니 해라? 시간이 지나면 무뎌진다? 그게… 무뎌지던가? 차라리 말을 말지.'

이제껏 해댄 말은, 비아냥에 협박이었고 떠오르는 말 도 별반 다를 게 없었다. 온갖 생각으로 머릿속이 소란 스러운데 성큼성큼 걸어가던 아리가 그 자리에서 멈췄 다. 갑자기 왜 그러나 싶어서 장수는 길게 목을 빼 그 너 머를 봤다.

아리를 겨눈 총구, 어둠 속에 잠겼던 총신이 이쪽으 로 천천히 나왔다. 그 끝에 우에다가 있었다.

"갑자기 들이닥친 너희 마적단 놈들 때문에 우리 위 대한 대일본 제국의 건아들이 이런 춥고 음습한 곳에서

개고생해야겠어?"

아리는 총구로 등 뒤를 쿡쿡 찔러대는 우에다 때문에 미끄러져 넘어질 뻔했다. 우에다의 목소리는 이곳에 떠다니는 알 수 없는 푸른 불빛과 진득한 어둠, 그리고 동료와 떨어진 두려움에 의해 무척 신경질적이었다.

"내가 동료와 떨어져서 이렇게 길을 잃은 게 다 빠가 같은 너희들 때문이야. 개돼지만도 못한 새끼들. 이미 나의 전우들이 퇴로를 차단했으며 포위당한 네 마적단 동지들은 곧 우리 일본군에게 격퇴당할 거야!"

장수는 미끄러지는 아리의 팔을 붙들었다. 우에다의 호기로운 말에 그가 말끝을 길게 끌었다.

"음….."

이를 못마땅하게 여긴 우에다는 총구로 궤짝을 두드렸다.

"뭐야?"

"자네가 한 말에 틀린 부분이 있어서 짚어주고 싶어. 첫째, 난 마적단이 아니야. 그냥 모자 장수지. 그 유명한 갓귀라고 들어봤어? 뭐 몰라도 돼. 지금 그게 중요한 게 아니니까. 둘째, 이 처자는 이 갓귀에게 대들 만큼 배짱이 두둑하지만, 마적단은 아니야. 이것도 지금 중요한 게 아니지. 중요한 건 이거야. 셋째. 자네의 전우들이 마적단을 격퇴했어도 이곳을 벗어나지 못할 거야. 이곳이 이상한 곳이란 걸 자네도 알잖아. 주위를 둘러봐. 이 푸른 불빛들을 보라고. 좋아 보여? 아까 피눈물을 흘리는 나무들은? 평범한 산이라고는 전혀 생각되지 않잖아. 우린 한없이 이곳을 떠돌아다녔어. 앞으로도 그럴 거야. 편안한 죽음은 없어. 금방이라도 괴물이 나타나 잡아 먹힐 수도 있고, 추위에 얼어 죽거나 굶주리다가 서로를 죽일 수도 있지. 어쩌면 마적단의 표적이 되어…."

"닥쳐!"

더는 들어줄 수가 없다는 듯 우에다가 장수를 밀쳤다. 동시에 숲 안쪽에서 나뭇가지가 부러지는 소리가 들렸다. 화들짝 놀란 우에다가 총구를 그쪽으로 돌렸다. 고요한 숲에는 우에다의 거친 숨소리만이 맴돌았다.

아리는 장수가 히죽 웃는 모습을 봤다. 그제야 장수

가 자신에게 했던 것처럼 우에다를 혼란과 두려움에 몰아넣고 있음을 알아챘다. 그리고 그것은 성공적이었다. 우에다는 작은 소리에도 소스라치게 놀라며 주위를 살폈다. 몇 번이나 걸음을 멈췄고, 바람에 휘둘리는 푸른 불빛에 겁을 냈다.

"이때쯤 뭐가 튀어나와야 하는데. 처자, 좀 더 노력해 보라고."

장수가 몸을 숙여 속삭였다. 아리는 장수가 무얼 말하는지 알아챘다. 희망적, 좋은 생각, 할머니! 아리는 눈살을 찌푸렸다. 우에다는 미쳐가고 있었고 자신들에게 총을 쏴도 전혀 이상하지 않았다. 이런 상태에서 할머니와의 좋은 기억을 떠올리기 힘들었다.

빽빽하던 나무들이 듬성듬성해졌고 경사는 완만해졌다. 그들 앞에 억새풀이 무성한 둔덕이 펼쳐졌다. 아리는 그 너머에 기차가 있는지 살폈다. 숲에서 벗어났으니 모든 것이 끝났다고 생각했다. 그러나 주위엔 여전히 푸른 불빛이 흘렀고, 흰 눈이 쌓인 길을 한참이나 걸어도 기차는 보이지 않았다. 이대로 무작정 가야 하나 싶을 때 등 뒤에서 우에다가 새된 비명을 내질렀다.

"저, 저게 대체 뭐야?"

"뭐가요?"

"저쪽에!"

아리가 되묻자 우에다의 손이 불쑥 귀 뒤에서 나와 한쪽을 가리켰다. 들판에 떠다니는 푸른 불빛 저편으로 오롯이 솟아 있는 커다란 나무가 보였다. 나뭇가지는 밤하늘 높게 뻗어 그 끝에 푸른 빛줄기가 닿지 않았다. 나뭇잎 하나 없는 그 가지에 열매 같은 것이 잔뜩 매달려 있었다. 눈을 가느스름하게 뜨고 보아도 그것이 뭔지 알 수가 없었다. 뭐에 홀린 듯 아리가 걸음을 옮기자 장수도 따라 걷기 시작했다. 그러자 혼자 남은 우에다가 퍼뜩 정신을 차리고 허둥지둥 그 뒤를 쫓았다. 손에 들고 있는 총으로 정체불명의 나무를 겨누면서.

다가갈수록 드리워진 푸른 불빛이 점점 그 위로 번졌다. 그리고 누가 먼저랄 것도 없이 그 자리에 우뚝 섰다. 뚝뚝 나뭇가지 위에서 빗방울처럼 피가 떨어져 웅덩이를 이루었다. 스산한 바람이 불자 가지에 달린 둥그런

53

무언가가 대롱대롱 흔들렸다. 일렁이는 빛들에 창백한 얼굴들이 드러났다가 사라졌다.

홉뜬 눈들과 찌푸린 얼굴, 뒤틀린 입술로 소리 없는 비명을 내지르는 사람의 머리들이 나무에 주렁주렁 달렸다.

아리는 자신의 옆을 지나치는 우에다를 봤다.

"어…."

우에다는 시선을 나무에 붙박은 채 신음을 흘렸다. 놀람, 경악, 두려움. 그는 저들과 면식이 있었다.

"일본군들인가? 너무 이곳과 어울려서 놀랍지도 않군."

아리의 뒤에 선 장수가 아무런 감흥 없는 말투로 중얼거렸다. 아리는 그중에서 낯익은 얼굴을 발견했다. 제일 앞 가지에 달린 그 머리는 할머니를 죽인 놈이었다. 이것이 애써 생각해낸 결과란 말인가. 피식. 웃음이 새어 나왔다.

'죽었어. 놈이 죽었다고. 할머니, 보고 계세요? 놈이 죽었어요. 아주 잔혹하게, 처참하게, 이런 곳에서 아무

도 모르게 썩어 문드러질 거라고요.'

새어 나오는 웃음에 우에다가 아리를 노려봤다.

"웃어?"

그가 개머리판으로 아리의 복부를 때리자 그녀가 앞
으로 고꾸라졌다. 극심한 통증에 숨을 쉬지 못했다. 장
수가 그 앞을 막아섰다.

"그냥 기침한 것뿐이잖아."

"저들은 내 동료들이야. 살아 있던 사람들이라고! 그
들에겐 돌아가야 할 고향이 있고, 천황 폐하를 위해 명
예로운 죽음을 가질 자격이 있어. 이런 개죽음이 아니
라!"

아리는 차가운 눈밭에 얼굴이 닿아서인지 정신이 또
렷해졌다. 다시 웃음이 터졌다. 깔깔깔. 아마도 모자 도
둑한테 옮은 것 같다. 실없는 장소에서 실없이 웃음이
터지는 것이. 정작 본인은 아리의 웃음에 눈에 띄게 당
황한 모습이었다.

우에다가 앞을 막아선 장수를 우악스럽게 밀었다. 얄
팍한 장수의 몸이 버티지 못하고 뒤로 나동그라졌다.

"이년이 미쳤나."

철컥. 총구를 겨누는 소리에 아리는 몸을 일으켰다. 욱신거리는 통증에 땅을 디디는 다리가 휘청거렸다.

"사람 죽이는 백정들에게 명예로운 죽음 따위가 왜 필요해?"

아리는 가물거리는 시선을 들어 자신을 겨누는 총구와 분노에 얼룩진 우에다의 얼굴을 보았다. 치미는 분노에 몸이 부들부들 떨렸다. 순간 날카로운 바람 소리가 들렸다. 시야에 그의 목을 꿰뚫은 칼끝이 잡혔다가 사라졌다. 새하얀 눈밭에 피를 흩뿌리며 우에다의 육중한 몸이 쓰러졌다. 머리가 떨어져 데굴데굴 굴렀다. 창백한 우에다의 얼굴이 영문도 모르겠다는 표정으로 아리에게 향했다.

아리는 고개를 들었다. 언제 왔는지 앞에 선 남자가 칼에 묻은 피를 털어냈다. 겁에 질린 아리가 장수를 찾았다. 남자는 히죽 웃더니 커다란 돌덩이 같은 손을 뻗었다.

장수는 어슬렁거리며 이쪽으로 오는 남자들이 마적

단임을 알아챘다. 도망친다고 해도 저들에게서 벗어날
수 없었다. 장수는 자신을 쳐다보는 아리를 마주 봤다.
그리고 그들과 거리가 좁혀지기 전에 자리를 박차고 일
어나 억새 풀숲으로 뛰어들었다.

"잡아!"

누가 소리치자 마적단이 그 뒤를 쫓아갔다.

한참 뒤, 그들이 찾은 건 낡은 궤짝 하나였다.

"애, 일어나 봐. 애!"

누군가의 목소리가 아리를 깨웠다. 의식의 저편에서 자신을 부르는 소리에 무거운 눈꺼풀을 밀어 올렸다. 옅은 빛 사이로 한 얼굴이 보였다. 눈을 감았다가 다시 떴다. 아이의 얼굴이 어둠에 잠겼다. 그러나 목소리는 들렸다.

"정신이 좀 들어? 죽지는 않은 것 같아 다행이네. 언제까지고 누워 있을 순 없거든."

작게 속삭이는 목소리에 섞여서 날카로운 것이 뭔가를 갈아대는 소리가 들렸다. 젖은 솜처럼 묵직한 몸을 일으킨 아리는 주위를 봤다. 허물어지는 담장들과 텅 빈 집들이 곳곳에 보였다. 자신이 있는 곳은 그 집들과는 조금 떨어진 숲과 접한 터에 나뭇가지를 이어 만든 감옥 안 같았다.

"우리를 팔아넘길 거야."

감옥의 빛이 들지 않는 구석에서 아이가 소곤거렸다.

쓱싹쓱싹 소리가 뒤를 이었다.

"누가 우리를 팔아?"

"적왕이란 자가 그러던데. 자기를 마적단 두목이라고 하더라고. 우리를 어디다 팔아버린다고 했어."

"마적단이 여기에 있어?"

우에다를 죽이고 자신을 붙든 남자들이 떠올랐다. 그들이 마적단인가? 그제야 장수가 자신을 두고 도망친 이유를 알았다. 놀랍진 않았다. 원래 살고자 하는 마음이 강한 존재가 아니었던가. 위험 앞에서 살 기회를 포착했고, 그것을 실행했을 뿐이다. 머리로는 이해가 됐으나 아쉬운 마음이 들었다. 인정하긴 싫지만, 아리는 그에게 의지하고 있었다.

나무 창살 너머 여러 채의 폐가가 모인 공터에서 사람들이 웅성거리는 소리가 났다. 그들은 곳곳에 모닥불을 피워놓고 분주히 주위를 오갔다.

"그러니까 너도 살고 싶으면 가만히 있지 말고 뭐라도 해."

타박하는 말에 아리는 아이 쪽을 바라봤다.

"너는 뭘 하는데?"

쓱싹거리는 소리가 멈췄다. 빛 속으로 하얀 얼굴이 나타났다. 동글동글한 얼굴에 눈꺼풀 없는 눈자위가 온통 검었다. 그리고 한 걸음 더 앞으로 나오자 머리에 달린 커다란 사슴뿔 두 개가 드러났다. 독특한 그 외모에 아리는 자신이 아직도 희망적인 상상을 품고 있는가 싶었다. 어디가 희망적인 건지는 모르겠지만, 감옥 안에서 할 만한 상상은 아니었다. 아이가 아리를 향해 고갯짓했다.

"이리 와봐."

아리는 쭈뼛거리며 그 옆으로 갔다. 그녀는 날카로운 뿔로 가느다란 나무 창살을 자르고 있었다. 얼마나 열심히 했는지 반도 넘게 잘랐다.

"여기로 도망칠 거야. 조금만 더 하면 돼."

희망은 자신이 아닌 아이가 가지고 있었다.

"언제부터 여기에 있었던 거니?"

"너보다는 오래지."

"이런 곳에서 혼자 있었던 거야? 가족들은?"

"나는 늘 혼자였어. 너는 그렇지 않았구나. 그래서 지금, 무섭니?"

아이는 아리를 빤히 쳐다보다가 다시 하던 일로 돌아갔다. 아이는 자신이 무얼 해야 하는지 잘 알고 있었다.

"괜찮아. 생명은 생각보다 강하거든. 두려움을 생각하면 두려움이 오고, 용기를 생각하면 용기가 오는 거야. 너는 지금 뭘 생각하고 있니?"

아리는 목에 매고 있던 목도리를 벗었다. 그리고 반이 잘린 나무와 그 옆의 나무를 한데 묶어 목도리 끝을 한쪽으로 돌리기 시작했다. 마치 젖은 빨래를 짜는 것처럼. 덜컹거리며 나무 창살이 움직이더니 조금씩 우그러들었다.

"그 날카로운 뿔로 반대편을 잘라봐."

아리는 목도리를 한쪽으로 한껏 당겼다.

"너네, 뭐 하는 거야?"

남자의 고함이 들렸다. 창살은 금방이라도 부러질 것처럼 휘었으나 꽤 질겨 그 상태 그대로였다. 남자가 빠르게 다가왔다. 더는 역부족이었다. 아리는 급히 감옥

문 앞으로 달려가 바닥의 마른 수풀을 서로 묶었고 아이는 뒤로 물러나 창살에 몸을 붙였다.

남자가 감옥 문을 열고 안으로 들어왔다. 그리고 아리의 팔을 붙들었다.

"이것들이 감히 도망치려고 해? 이리 와!"

남자는 밖으로 아리를 끌어냈다. 두 다리에 힘을 줬지만, 소용없었다. 몸이 속절없이 끌려갔다. 격한 반항에 아리를 제압하던 남자의 발이 묶인 수풀에 걸렸다. 중심을 잃은 남자가 넘어졌고 아리는 그 틈을 놓치지 않고 뛰었다.

"계집애가 도망친다!"

쓰러진 남자가 고함쳤다. 아리는 고개를 돌려 감옥에 혼자 남은 아이를 봤다. 아이의 창백한 얼굴이 다시 어둠 속으로 사라졌다. 그때 누군가가 발을 걸었다. 넘어져 바닥을 구른 아리가 신음을 흘렸다. 한 여자가 그 앞에서 히죽거렸다.

"노력 참 가상하구만."

씨근덕거리는 아리의 얼굴을 보던 여자가 손가락을

튕겼다.

"데려와."

덫에 넘어졌던 남자가 어느새 다가와 쓰러진 아리를 붙들어 세웠다. 여자가 눈살을 찌푸렸다.

"미련한 놈 같으니, 그깟 거에 걸려 넘어지고 말이야. 총알도 아까우니, 저놈 목을 베어버려! 그리고 이 숲을 빠져나갈 길을 알아보라고 한 지가 언젠데 아직도 소식이 없어? 그놈들도 돌아오면 모두 목을 베어버려!"

그 소리에 남자가 화들짝 놀랐다. 다른 마적이 칼집에서 날카로운 칼을 뽑아 살려달라고 비는 남자의 목을 아무 거리낌 없이 쳐냈다. 데구루루. 잘린 머리가 짐과 무기들을 모아놓은 곳으로 굴러가 멈췄다. 근처에 있던 마적이 더럽다며 머리를 차버렸다. 그러는 바람에 짐 더미 근처 부서진 궤짝에서 슬그머니 나왔던 손이 사라지는 걸 그 누구도 보지 못했다.

아리는 눈앞의 여자가 마적단의 두목인 적왕임을 짐작했다. 적왕은 호기롭게 커다란 모닥불 앞에 앉았다. 바지 입은 두 다리를 쩍 벌리고 앉아 옆에 놓인 아리의 보따리를 집어 들었다.

"안 돼!"

아리는 매듭을 푸는 적왕에게로 달려갔다. 그러나 뒤에 선 부하가 아리의 댕기 머리를 붙들었다. 보따리가 어찌나 단단히 묶였는지 잘 풀리지 않아 적왕은 허리춤에서 단도를 꺼내 매듭을 잘랐다.

"노력하지 마. 여기선 내가 왕이고, 모든 게 다 내 거니까."

몰려든 마적들이 그 말에 웃었다. 그들 중 한 명이 시린 바람에 몸을 부르르 떨다가 두툼한 손으로 자신의 머리를 툭툭 더듬었다. 그가 소리쳤다.

"누가 내 모자 훔쳐 갔어?"

적왕은 자신의 무대에 난입한 마적을 불쾌하게 쳐다봤다.

"목이 잘리면 그 모자가 더는 필요 없을 것 같은데."

그 말에 그 옆에 있는 이가 칼을 빼들었다. 곧 짧은 비명이 들렸다. 적왕은 비명 따위는 무시하고 보따리에 다시 신경을 썼다.

"이건, 얼마나 값진 것이 들었길래… 응? 이게 뭐야?"

잘 풀리지 않는 천을 찢어발기고 안을 헤집던 적왕이 아리를 물끄러미 봤다.

"이게 대체 뭐야?"

적왕이 보따리를 거꾸로 들자 속에 있던 것이 바닥에 뒹굴었다. 풀어진 광목천에서 잘린 두 손이 비어져 나왔다. 그 모습에 몇몇이 움찔거리며 뒤로 물러섰다. 적왕은 단도로 손목의 잘린 면을 살폈다.

"단번에 잘라냈군."

아리는 적왕을 노려봤다. 감히 할머니의 손을 막 대함에서 분노가 치밀었다. 그 일본 놈들처럼.

"조선인의 설움에 대해 아주 잘 알고 있지. 이 마을에 살던 사람들이 어디로 갔을 거 같아? 일본 놈들이 숨이라도 쉬게 굴었어야지. 그래서 살짝, 아주 살짝 불쌍하기도 해."

그녀의 말에 마적단이 고개를 끄덕였다. 어느 이는 울상까지 지었다.

"하지만 내 사정은 아니니 그뿐! 이 손의 주인 곁으로

65

보내줄게. 당장 저년의 목을 베어라!"

우악스럽게 짓누르는 손길에 아리는 무릎을 꿇었다. 맞은편에 선 남자가 허리춤에서 칼을 뽑았다. 검날이 불빛에 번뜩였다. 할머니. 아리는 눈을 질끈 감았다. **탕.** 총성이 들렸다. 칼을 휘두르던 남자의 육중한 몸이 뒤로 넘어갔다.

"뭐야?"

적왕이 자리에서 벌떡 일어났다. **탕!** 두 번째 총알이 적왕의 어깨에 맞았다.

"일본군이다!"

누군가의 외침에 모두가 우왕좌왕했다. 마적단은 쓰러진 적왕을 데리고 도망치기 시작했다. 각자 무기를 꺼내 총알이 날아온 곳으로 총을 쐈다. 그러자 그들 사이로 불붙은 폭탄이 날아들었다.

"피해!"

누군가 외쳤지만, 피할 사이 없이 폭탄이 터졌다.

몸을 움츠렸던 아리는 지척에서 터진 폭탄의 충격이 어느 정도 가시자 적왕이 있던 자리로 달려갔다. 바닥에 나뒹구는 할머니의 두 손을 챙겼다. 그때 누군가가 그녀의 어깨솔기를 잡았다. 아리는 돌아봤다. 낡고 더러운 털모자를 쓴 장수였다.

"도망간 거 아니었어요?"

"그러고 싶었지만, 기회가 없었지."

몇 시간 전 마적단과 맞닥뜨린 그때, 억새 풀숲으로 뛰어들어간 장수는 궤짝을 열었다. 쫓아오는 마적단의 소리가 가까이에서 들리자 지체하지 않고 그 안으로 몸을 비집어 넣었다. 마적들은 한없이 깊고 넓은 궤짝 속 모자 더미에 숨은 그를 찾을 수가 없었다.

"가자!"

장수가 저들끼리 총을 쏴대는 마적단을 힐끗 보더니, 궤짝을 짊어지고 앞장섰다. 그를 따라 뛰려던 아리는 피 묻은 칼을 발견했다. 혼자 있을 아이가 떠올랐다. 용기를 내서 그 칼을 들었다. 날이 넓고 긴 칼은 아리에게 꽤 무거웠다. 장수가 그런 아리를 보고 황당한 표정을 지었다.

"뭐 하는 거야?"

"저기에 아이가 갇혀 있어요."

"뭐어? 언제 놈들이 올지 모르는데 누굴 구하겠다고…."

"먼저 도망가요!"

아리는 감옥으로 달려갔다. 할머니 손을 품에 안고 한 손으로 묵직한 칼을 들어 빠르게 뛸 수는 없었다. 곧 시야에 감옥이 들어왔다. 그 안에서 아이가 자신을 빤히 쳐다봤다.

"구해줄게!"

감옥 문 앞에서 아리는 할머니의 손을 내려놓고 두 손으로 칼을 치켜들었다. 아이가 뒤로 물러났다. 손잡이를 단단히 묶은 밧줄을 끊어내려고 했다. 그러나 내리친 칼은 애꿎은 나무에 박혔다.

"이 계집애가!"

마적단 남자가 나타났다. 그가 칼을 휘둘렀다. 놀란 아리가 뒤로 넘어지자 머리 위에서 허공을 가르는 날카로운 소리가 들렸다. 이번엔 기어코 명줄을 끊겠다며 가까이 다가온 마적이 칼을 높게 쳐들었다.

장수의 기합 소리가 울렸다. 마적이 뒤를 돌아봤다. 장수가 달려와 마적을 향해 궤짝을 휘둘렀다. 둔탁한 소리가 들리고 남자가 휘청거렸다. 장수는 다시 궤짝을 들었다. 그리고 있는 힘껏 마적의 머리를 내리쳤다. 우지끈. 궤짝이 부서졌다. 그 안에서 모자가 쏟아졌다. 쓰러진 마적 위로 떨어진 모자들이 매서운 바람에 흩어졌다.

아리는 장수를 멍하니 쳐다봤다. 장수는 부서진 궤짝을 옆으로 던졌다. 덜커덩. 궤짝은 눈 쌓인 바닥을 굴렀다.

"혼자 도망가려고 했으면 애초에 처자를 구하려고 하지도 않았어."

하아. 장수가 한숨을 내쉬었다. 그러고는 아리에게 다가와 지금까지 쥐고 있는 칼을 빼앗았다. 장수가 가뿐히 밧줄을 잘라냈다. 문이 열리자 아이가 나왔다.

"놈들을 찾아내! 머리를 다 잘라버려!"

멀리서 적왕의 외침과 함께 웅성대는 고함소리가 다가왔다.

"가!"

아리의 말에 아이는 달리기 시작했다. 장수는 칼을 버리고 할머니의 손을 품에 안은 아리의 손을 잡고 뛰었다. 장수가 팔을 앞으로 뻗었다. 손에서 튀던 금빛이 허공에 뿌려졌다. 전과 달리, 이번에는 세찬 빛이 흘러나왔다. 숲의 나무들이 길을 열었다. 장수는 놀란 듯 멈칫했다가, 이내 웃음을 지었다.

"둘 중의 하나를 선택해서 같은 결과가 나올 것 같다면 부정적인 거 말고 좀 더 옳은 걸 선택해!"

앞서 뛰는 장수가 말했다. 선뜻 그 말의 뜻을 알 수가 없었다. 아리는 숨을 몰아쉬었다. 그가 계속 말했다.

"두려워하지 마. 앞날에 대한 너의 믿음을 믿어. 내가 지금 그러니까."

나무에 새겨진 붉은 눈동자가 좌에서 우로 굴러 지나가는 그들의 뒤를 쫓았다.

"듣고 있어? 네 말처럼 손톱만 한 희망을 믿는다고! 나는 다시 후회하지 않기 위해 지금 너를 구하고 있는 거고, 너도 언젠간 나처럼 이렇게 하겠지. 기차까지 달려가! 숨이 차오를 때까지. 아, 정말 죽겠다 싶을 정도로 달리면 우리가 왔던 길 위에 기차가 있을 거야."

아리는 그의 말에서 어떤 희망을 느꼈다. 금빛은 이제 선명히 뻗어 나가 길을 가리키고 있었다.

멀리서 기적이 울렸다. 푸른 혼불이 일제히 머리 위로 떠올랐다. 맞잡은 장수의 손이, 아리를 이끌던 장수의 몸이, 돌아서 아리의 눈을 마주치던 그의 눈이 흐릿해졌다. 바람이 불었다. 장수가 내뿜는 금색 빛에 눈이 부셔서 그만 눈을 감았다.

잠시 뒤, 빛이 사라지고 모든 것들이 사라졌다.

*

기적 소리가 울렸다.

언제 잠들었던 걸까? 아리는 정신을 차렸다. 성에 낀 창 너머는 어두웠다. 승객들은 부산스러웠다. 할아버지 는 곰방대에 불을 붙였고, 갓난아기는 제 어미 품에서 칭얼거렸다.

"깼어? 내릴 때가 됐어."

옆에서 부용이 말을 걸었다.

멍하니 주위를 보던 아리는 눈만 깜박였다. 모두가 아무렇지 않은 모습이다. 마적단의 습격은 없었던 것처 럼. 모든 게 다 꿈이었을까? 모자 장수인 갓귀도?

아리는 품에 안은 보따리를 바라보다가 매듭을 풀 었다.

광목천을 벗기자 그 속에서 할머니의 손이 아닌, 검 은 묵주가 드러났다. '앞날에 대한 너의 믿음.' 그동안 망설였던 게 언제 그랬냐는 듯 명료해졌다. 조심히 그 걸 매만지던 아리가 부용을 불렀다.

"아줌마, 저는 이모에게 가고 싶어요."

그 말에 당황하던 부용은, 결의에 찬 아리의 눈빛을 보고 고개를 끄덕였다.

'모자 장수와 나'는 거울 나라의 앨리스에게 트위들디와 트위들덤이 읊어주는 가장 긴 시인 〈바다코끼리와 목수〉에서 모티브를 따왔습니다. 태양은 바다 위에 서로 시작되는 시의 대략적인 내용은 바다코끼리와 목수가 어린 굴들에게 함께 걷자며 초대하고 나중에는 악독하게 변모하여 어린 굴들을 먹어버리는 슬픈 이야기입니다.

앨리스, 트위들디와 트위들덤은 누가 더 나쁜가를 얘기합니다. 먹어 치웠으면서 미안해하는 바다코끼리가 더 나쁘냐, 그보다는 적게 먹은 목수가 나쁘냐. 무슨 상관일까요. 어차피 생명을 먹어버린 악당인 건 똑같은데.

'모자 장수와 나'는 일제강점기가 배경이며 바다코끼리와 목수를 각각 마적단과 일본군으로 대입했습니다. 이 이야기는 극한의 상황에 치달은 아리가 꿈속에서, 전혀 힐링은 아닌 것처럼 보이지만 (호러 판타지의 장르 특성상 피와 살점이 튀기는), 갓귀인 모자 장수와 함께 내면의 상처를 치유하며 좌절을 딛고 일어나는 성장 이야기입니다.

누구나 마음속에 상처 입은 아리가 있다고 생각합니다. 출구가 없는 곳에서 자신을 위협하는 수많은 적에 둘러싸여 외로운 싸움을 할 겁니다. 오래되거나 새로운 상처에 누군가는 묵묵히 참아내고 누구는 침식당할지도 모릅니다.

미약하지만,
이 이야기가 그 누군가에게 힘과 용기가 되길 바랍니다.

A
♠

앨리스 인 원더랜드

_____ 김청귤

소녀는 자신의 이름도 기억나지 않고 죽었는지 살았는지 모르겠으나, 영혼 상태로 떠돌고 있다는 걸 알았다. 이렇게 된 원인은 명확하진 않았지만 아버지 때문이라는 건 분명했다. 앞으로 어떻게 해야 할지 알고 싶었다. 물어볼 사람을 찾고 있는데 다가오는 건 고급스러운 옷을 입은 흰 토끼였다. 흰 토끼는 두 발로 헐레벌떡 뛰면서 계속 회중시계를 보고 있었다.

"바쁘다, 바빠! 이러다가 늦겠어!"

"저기요! 여기가 어디예요?"

소녀는 자신의 앞을 지나치는 토끼의 옷자락을 잡아 챘다. 토끼는 신경질을 내면서 소녀의 팔을 매섭게 내 쳤다가 소녀의 얼굴을 보고 귀를 쫑긋거리며 좋아했다.

"예쁜 아이구나. 너를 데려가면… 아차, 이럴 시간 없 어!"

토끼는 혼자 중얼거리더니 다시 앞으로 달려갔다. 소 녀는 아무도 없는 이곳에서 누군가를 기다리기보다 토 끼를 따라가기로 했다. 토끼는 아주 커다란 나무를 향 해 달려갔다. 누가 봐도 나무에 부딪힐 것 같아 걱정되 었지만, 토끼는 더 빠른 속도로 달려 나무 아래 있는 구 멍으로 들어갔다. 소녀는 아주 커다란 나무 아래 있는 아주 커다란 구멍을 보고 겁에 질려 돌아가려고 했으나 발을 헛디뎌 누가 잡아당긴 것처럼 구멍으로 쏙 들어가 고 말았다.

소녀는 고래고래 비명을 질렀다. 이내 아무리 비명을 질러도 추락이 끝나지 않는다는 걸 깨닫고는 입을 다물 었다. 바닥이 보이지 않았다. 이제는 아래로 떨어지고 있는 건지 위로 올라가고 있는 건지 구분할 수 없을 정도였다.

"언젠가는 도착하겠지?"

하품이 터져 나왔다. 소녀는 지루함과 도달할 곳에 대한 기대감 속에서 잠이 들고 말았다.

*

눈을 떴더니 낯선 곳이었다. 연보라색 이파리에 주황색 사과가 가득 열린 나무 아래에 누워 있었다. 일어나서 주위를 살펴보니 파란 하늘 위로 태양과 연두색 달이 떠 있었다. 신비하면서도 아름다운 곳이었다.

새가 지저귀는 소리를 들으며 찬찬히 주변을 둘러봤다. 토끼와 사슴처럼 순한 동물들이 소녀를 두려워하지 않은 채 나무 사이를 걷고 있었다. 그 모습을 보니 딱딱하게 굳은 어깨에서 힘이 빠졌다. 늘 긴장하며 지냈었는데 이토록 평화로웠던 적이 언제였을까.

발길 닿는 대로 걷다 보니 어느새 강가였다. 소녀는 물을 마시기 위해 강 가까이에 다가갔다. 고개를 숙이니 검은색 머리카락과 검은색 눈동자를 한 소녀가 보였다. 멍들지도, 흉터가 있지도 않은 깨끗한 얼굴이 낯설었다.

소녀는 물을 마신 후 강을 따라 걸었다. 동물들이 먹고 있는 열매를 따서 먹었는데 수분이 많고 달았다. 게 다가 배도 불렀다. 배고픔을 해결할 수 있어서 다행이었다. 숲은 위험한 것 없이 평화로웠다. 길도 평탄했고 몸에 달라붙는 벌레도 없었다.

문제는 여기가 어딘지, 어디로 가야 하는지 물어볼 사람이 없었다. 불안하고 초조해서 발걸음이 빨라졌다. 그걸 동물들도 알았는지 처음에는 소녀가 지나가도 아무 반응이 없더니 이제는 소녀의 발걸음 소리만 듣고도 후다닥 어디론가 사라졌다.

소녀는 눈물이 나올 것 같았지만, 운다고 달라지는 건 없다는 걸 깨달은 지 오래였다. 크게 숨을 쉬며 눈물을 참고 있는데 어디선가 말소리가 들리는 것 같았다. 중얼중얼, 할머니가 드라마를 보면서 추임새를 넣는 소리와 비슷했다.

할머니. 소녀의 할머니는 다정하고 좋은 사람이었다. 함께 산 시간은 짧았으나 할머니 덕분에 행복했고, 그 시간으로 인해 힘들고 고통스러운 시간을 버틸 수 있었다는 게 떠올랐다. 그래서 할머니를 떠올리게 한 소리를 향해 가까이 갈 수밖에 없었다. 나를 도와줄 거야. 기이한 믿음이 소녀의 마음을 안정시키고 초조했던 발걸음을 씩씩하게 만들었다.

그러자 보이는 건 커다란 버섯 꼭대기에 쪼그리고 앉아 담배를 피우고 있는 파란 애벌레였다. 그 모습을 보니 마늘을 까는 할머니가 떠올랐다. 소녀는 주춤거리면서 가까이 다가갔다. 파란 애벌레는 소녀를 보고 담배를 한순간에 사라지게 했다.

"아가."

정말 우리 할머니가 아닐까 싶을 정도로 다정하고 따뜻한 부름이었다. 소녀는 눈물 대신 웃음을 지으며 파란 애벌레 앞에 섰다. 너무 오랜만에 듣는 애정 섞인 말이었다. 한 번만 더 듣고 싶어서 초롱초롱한 눈빛으로 파란 애벌레를 바라봤다.

"아가, 넌 누구길래 여기에 있는 거니?"

"제가 누구인지도 모르겠어요. 아무것도 생각나지 않아요. 흰 토끼를 따라 구멍에 빠졌더니 여기였어요. 여기는 어디예요?"

"가엾은 것…."

할머니도 종종 자신에게 가엾다고 하며 머리를 쓰다 듬곤 했다. 그 손길을 느낄 수 있으면 아버지가 없는 게 훨씬 좋다고 생각하며 어리광을 부렸다. 할머니처럼 손을 뻗어 쓰다듬어주는 건 아니었지만, 파란 애벌레의 말에는 그만한 온기가 담겨 있었다.

"여긴 이상하고 아름다운 나라 원더랜드란다. 이상할지, 아름다울지는 너에게 달렸지. 그렇지만 이름도 기억나지 않는다니…. 불쌍한 아가. 너에게 원더랜드에서 용감하게 모험을 한 소녀의 이름을 붙여줄까?"

"용감…. 그 이름을 받으면 저도 용감해질까요?"

"모든 건 네 선택에 달렸단다, 앨리스. 넌 네가 원하는 걸 할 수 있어."

애벌레는 그 말을 한 다음 연기가 되어 소녀를 한 바퀴 휘어 감고 사라졌다. 이상한 말이었다. 뚜렷한 방향도 없이 선택에 달렸다니. 그러나 소녀, 아니 앨리스는 그 말을 듣고 자신의 존재감이 한층 더 또렷해진 것 같다는 느낌이 들었다. 이제야 이 원더랜드라는 곳에 두 발을 딛고 선 것 같았다. 앨리스는 아까보다 기울어진

해의 방향을 확인하고, 해가 떠오르는 방향을 향해 걸었다.

"여자아이가 왜 숲에 있지? 왕을 피해서 숲에 온 거야?"

으히히힛, 하는 높고 가는 웃음과 함께 허공에서 고양이가 나타났다. 말하는 토끼와 달리 말하는 고양이는 옷을 입지 않았으나, 까만 털에서는 윤기가 흘렀다. 앨리스는 눈을 반짝이며 아름다운 고양이를 바라봤다. 속으로 내려와, 내려와줘 간절히 바랐더니 고양이가 가볍게 바닥으로 내려왔다. 저도 모르게 박수를 '짝짝' 치자, 고양이가 얼굴을 쳐들고 늠름하게 박수를 받았다.

앨리스는 고양이의 시선에 맞춰 쪼그리고 앉았다. 그러자 꼬리를 바짝 치켜든 고양이가 앨리스의 다리에 몸을 비볐다. 따뜻하고 보드라워서 마음이 몽글몽글해졌다.

"안녕, 예쁜 고양이야? 나는 앨리스야. 너는 이름이 뭐야?"

"체셔!"

체셔가 앨리스를 밀어서 바닥에 주저앉혔다. 그러고는 알맞게 파인 다리 사이로 들어가 몸을 둥글게 말았다. 그게 너무 귀여워서 웃음이 나왔다. 말없이 쓰다듬으려고 했다가 체셔가 싫어할 수도 있을 것 같아 물어보기로 했다.

"쓰다듬어도 돼?"

"그래!"

앨리스가 허락을 받고 체셔의 머리를 쓰다듬자 기분이 좋은지 골골거리는 소리가 들렸다.

"체셔야. 어디로 가야 사람을 만날 수 있어?"

"만나서 뭐 하게?"

"숲에서 계속 있을 수는 없으니까…?"

"숲에서 살지 못하다니 너는 약하구나. 그렇지만 나는 네가 좋아. 여기에는 이상한 놈들이 많거든. 너처럼 나를 반짝반짝 빛나는 눈으로 보는 사람이 없어. 이렇게 기분 좋게 쓰다듬어주지도 않고. 다 자기들 멋대로야!"

생각만 해도 화가 나는지 하악질을 하는 체셔를 부드럽게 쓰다듬었다. 계속 쓰다듬고 턱 아래를 긁어주고 머리를 손가락으로 마사지해주자 기분이 좋아졌는지 다시 골골골거렸다.

"모자 장수는 돈을 사랑하고 삼월 토끼는 모자 장수를 사랑해. 여긴 사랑이 넘치는 원더랜드니까. 공작부인은 아들을 사랑해. 그게 말도 못하는 돼지라도 말이지! 돼지면서 말을 못하는 게 가능해? 공작은 가짜 돼지를 낳아 미쳐버린 공작부인을 사랑해. 어쨌건 수컷이거든. 공작부인의 딸인 여왕은 미쳐가고 있고, 너도 미칠 거야. 여긴 그런 세상이니까. 그렇지만 네가 미치지 않았으면 좋겠어."

이해가 되지 않는 말이지만 앨리스는 잊지 않으려고 노력했다.

"더 말해줄 건 없어?"

그러자 체셔가 일어나 앨리스의 맞은편에 자리를 잡고 바닥을 꼬리로 탁탁 내리쳤다. 꼬리가 멈추고 체셔가 눈을 감았다가 떴다. 세로로 긴 눈동자 안에는 별이

들어 있었다. 어떤 계시를 내리는 것처럼 별이 빙글빙글 돌며 영롱하게 빛나고 있었다.

"앨리스는 선택할 수 있어."

체셔는 그 말만 하고 갑자기 나타났던 것처럼 갑자기 사라졌다. 앨리스는 저릿한 다리를 주무른 다음 일어나서 길을 걸었다.

얼마나 걸었을까. 거짓말처럼 나무 아래에 식탁을 놓고 티타임을 즐기고 있는 이들이 보였다. 검은색 토끼와 모자를 몇 개나 뒤집어쓴 남자만 있었는데도 식탁은 매우 컸고 그 위에는 각종 찻잔과 다과들로 가득 차 있었다.

앨리스는 저들이 체셔가 말한 삼월 토끼와 모자 장수라는 걸 알았다. 앨리스가 어떻게 해야 좋을지 몰라서 주춤거리고 있는데, 모자 장수가 앨리스를 발견하고 좋아했다.

"예쁜 아이로구나! 여왕이 될 수 있는 아이야. 이리와서 티타임을 같이하자."

앨리스는 모자 장수가 무슨 말을 하는지 몰랐지만 같이 차를 마시자는 말에 조심스럽게 자리에 앉았다. 모자 장수가 차를 따라주고 삼월 토끼가 쿠키를 내밀었다. 쿠키를 잡고 한 입 베어 물었는데, 입안에서 사르르 녹아서 깜짝 놀랐다. 앨리스가 쿠키를 먹는데 모자 장수가 과장되게 놀라며 말했다.

"우리가 주면 너도 뭘 줘야 한다는 걸 배우지 못했니? 욕심 많은 여자는 마녀로 몰릴 수 있어!"

"가진 게 아무것도 없어요…."

주머니에 아무리 손을 넣어도 잡히는 게 없었다. 앨리스는 겁에 질려 몸을 웅크린 채 모자 장수의 눈치를 살폈다. 욕을 하거나 물건이 날아오는 일은 없었다. 단지 모자 장수 머리 위에 있던 파란색 모자가 빨간색 고깔모자로 바뀌었을 뿐이었다. 모자가 갑자기 변해서 눈이 동그랗게 변했다. 모자 장수는 앨리스의 반응이 기꺼운지 어느새 또 다른 모자를 쓰고 있었다.

"그러지 마, 모자 장수. 여왕이 살 모자를 그렇게 아무에게나 보여줘도 되겠어?"

"맞아. 여왕이 살 모자지. 경박하고 카리스마가 있으며 변덕이 끓어 넘치나 원더랜드에서 제일 아름다운 우리의 여왕! 값비싼 모자를 얼마든지 사주는 나의 여왕! 여왕에게 축복이 있으라!"

고깔모자는 어느새 금실로 수를 놓은 리본이 달린 챙

모자가 되고, 오로라를 실로 자아 뜬 모자가 되고, 새의 깃털을 잔뜩 붙인 모자가 되고, 시들지 않는 보석 장미가 박힌 모자가 되었다.

"그렇지만 이제 이 아이가 새로운 여왕이 될 것 같아. 나의 새로운 고객이 되는 거라고!"

앨리스는 여왕이 되고 싶다는 생각이 전혀 없었으나 상황을 살피기 위해 입을 열었다.

"여왕은 어떤 사람인데요?"

"아주… 아주 아름답고 매혹적이지. 얼굴로 왕을 홀려 여왕이 되었다는 소문이 아주 자자해. 얼굴값을 하는지 값비싼 모자를 사들이는 취미가 있어. 아주 좋은 취미지! 그것말고는 좋은 게 없어. 남의 목을 뎅겅뎅겅 자르라고 명령하는 데다가 왕을 치마폭에 넣고 마음껏 휘두른다고. 여왕이 안 됐으면 마녀가 됐을걸!"

모자 장수의 말만 들으면 여왕은 아주 무서운 사람이었다. 그러나 자신에게 함부로 하는 모자 장수에게 믿음이 가지 않았다. 모자 장수는 눈앞에서 새로 들여올 모자와 모자에 달린 장식과 모자를 구하기 위해 들인

노력을 주절주절 떠들고 있었다. 손짓이 커지고 목소리도 점점 커졌다. 본인이 하는 말에 본인이 감탄하고 열을 냈다. 삼월 토끼는 열렬한 눈을 하고 귀를 쫑긋거리면서 모자 장수의 말을 하나하나 듣고 있었다.

남의 목을 뎅겅뎅겅 자를 수 있는 여왕을 깔보다니, 이상한 일이었다. 모자 장수의 모순적인 태도에 대해 말하고 싶었으나 얌전히 있었다. 만난 적도 없는 여왕보다 눈앞에 있는 모자 장수가 더 무서웠다. 앨리스는 모자 장수가 손짓이 크고 말만 요란할 뿐 아무것도 하지 않는다는 걸 깨닫고 안심했다. 모자 장수의 말을 들으면서 혼자 차를 따라 마시고 쿠키와 스콘을 먹었다.

모자장수는 앨리스에게 너는 이런 걸 가질 수 없을 거라며 한껏 업신여기는 표정을 지으며 생화가 피고 지는 모자를 자랑하고 있는데, 눈을 빛내며 듣지 않고 먹기만 하는 앨리스를 보고 소리를 질렀다.

"교양 없이 이게 무슨 짓이야!"

갑자기 들린 큰소리에 몸이 딱딱하게 굳었다. 도망가고 싶었으나 도망칠 수도 없었고, 테이블 아래로 숨고 싶었으나 움직일 수가 없었다. 머릿속이 빙글빙글 돌고 심장이 멎는 것 같았다. 어둠이 앨리스를 집어삼키는 것 같았다. 그때였다.

파란색 별 무리가 앨리스를 포근하게 감싸주었다. 품 안에는 아까 만났던 체셔의 따뜻한 온기가 느껴지기도 했다. 옷에 달라붙어 있던 고양이 털이 떠올라 코를 간지럽히는 것 같았다.

"에쉬!"

시원하게 재채기를 하니까 굳어 있던 몸이 풀렸다. 모자 장수는 여자애가 교양 없이 큰소리로 재채기를 한다고 성질을 내고 있었다. 그러나 상관없었다. 재채기와 함께 두려움도 몸 밖으로 튀어나간 게 분명했다.

용감하고 씩씩한 소녀의 이름은 앨리스고, 나는 그 이름을 선물 받았어. 모든 건 내가 선택할 수 있어. 나는, 선택할 수 있어. 나는 할 수 있어.

네가 원하는 대로 될 거야. 으히히힛. 어디선가 체셔의 웃음소리가 들리는 것 같았다. 앨리스는 천천히 눈을 깜박거리며 차분함을 되찾았다. 모자 장수는 계속 앨리스에게 손가락질하며 가정 교육을 못 받았느니, 이런 게 여왕이 되면 지금보다 더 많은 돈을 벌 테니 왕에게 얼른 데려가야겠느니 하는 말을 두서없이 내뱉고 있었다.

"그렇게 말하면 안 돼."

앨리스가 온몸에 힘을 주고 모자 장수를 향해 단단하게 말했다. 모자 장수처럼 소리를 지른 것도 아니었는데도 모자 장수가 입을 다물었다. 삼월 토끼는 커다란 눈을 더 동그랗게 뜨고 앨리스를 바라봤다.

"다른 사람에게 함부로 말하면 안 돼."

"너, 너, 뭣도 아닌 게 나한테 이러면 안 돼!"

"예쁜 모자가 많으면 뭐 해? 함부로 말하는 사람에게서 사고 싶지 않아."

"하! 배운 게 없으니 예술 작품도 못 알아보는군! 얼굴만 예쁘면 뭐 해? 너 같은 건 아무도 데려가지 않을걸!"

"다른 사람은 필요 없어. 선택은 내가 하는 거야!"

앨리스는 바들바들 떨면서도 하고 싶은 말을 했다.

말을 계속 토해냈다. 소리쳤다. 그랬더니 속이 너무 후
련해서 상쾌하기까지 했다. 앨리스는 가뿐한 마음으로
자리에서 일어났다. 앨리스는 뒤도 돌아보지 않고 걸
었다.

"뭐야, 어디 가는 거야? 뭘 알고 가는 거야?"

"내가 가는 곳이 길이지!"

앨리스는 걸음걸음마다 힘을 싣고 팔도 힘차게 휘둘
렀다. 점점 속도가 붙어서 걸음이 빠른 걸음으로, 빠른
걸음에서 달리기로 바뀌는 건 한순간이었다. 바람이 얼
굴을 스치고 손가락 사이를 간지럽혀서 웃음이 절로 나
왔다. 지금까지 만난 존재 중에서 진짜 웃는 건 체셔뿐
이었다.

모든 일을 하고 싶은 대로 하는 여왕은 행복할까? 여
왕은 어떻게 웃을까? 머릿속을 자유롭게 뛰어다니는
생각들이 앨리스의 발걸음을 이끌었다.

앨리스는 어느새 아름다운 꽃밭과 시원한 분수가 있는 정원에 서 있었다. 정원에는 하얀색 장미 나무가 가득했는데, 정원사들이 빨간 물감을 하얀 장미에 하나하나 칠하고 있었다. 이것 또한 여왕의 명령으로 하는 것일까? 앨리스는 조심스럽게 정원사들에게 다가갔다.

"하얀 장미를 심은 모습이 마음에 안 든다면 뽑고 다시 심으면 되잖아. 우리를 괴롭히려고 다 칠하라고 한 게 분명해."

"빨간 장미를 심고 나서 다시 하얀 장미가 좋았다고 할지도 몰라."

"그러게 말이야. 여왕님은 변덕이 심해도 너무 심해!"

정원사들의 투덜거림을 듣고 있는데 정원 한쪽에서 한 무리가 등장했다. 귀빈들이 삼삼오오 무리를 지어 대화하고 있었다. 그중에는 흰 토끼도 있었고 누가 봐도 이 나라의 왕과 여왕으로 보이는 사람도 있었다.

왕은 세월이 내려앉은 회색 머리카락을 멋들어지게 뒤로 넘기며 중후한 멋을 풍겼으나, 얼굴에는 주름이 자글자글했다. 왕보다는 할아버지라는 호칭이 어울렸다. 반대로 여왕은 너무 말라 부서질 것 같은, 앨리스 또래의 소녀였다. 보석이 잔뜩 달린 드레스를 입고 꽃처럼 만개한 모자를 쓴 걸 보니 돈을 흥청망청 쓰는 건 사실 같았으나, 사람의 목을 뎅겅뎅겅 자르거나 왕을 마음껏 휘두르는 악녀처럼 보이지 않았다.

오히려 앨리스는 두 사람의 모습이 어딘지 무섭고 징그러웠다.

나이 많은 왕이 손녀뻘 되는 여왕의 아름다움에 반해 정신을 차리지 못하고, 여왕이 하는 말을 모두 오냐오냐 들어주는 모양새였다. 여왕은 왕에게 조금이라도 몸이 닿지 않기 위해 잔뜩 긴장한 것 같았다.

그러나 주변 사람들은 여왕의 위엄이라며 벌벌 떨고 있었다. 그게 너무 우습고 안쓰럽고⋯ 무서웠다. 보이지 않는 손이 앨리스를 옭아매는 것 같았다. 앨리스는 필사적으로 숨을 쉬려고 노력했다.

너희들은 저 모습이 보이지 않는 거야? 아니면 안 보이는 척 하는 거야? 다 늙어빠진 할아버지에게 소녀를 던져놓고 뭐 하는 거야? 속에서 열이 차오를 지경이었다. 말을 하지 않고는 못 배길 지경이 되었을 때, 여왕이 앨리스의 눈동자를 직시했다.

여왕의 눈동자는 앨리스처럼 까만색이었으나, 앨리스에게는 없는 고아함이 있었다. 그동안 들었던 여왕에 대한 험담이 다 거짓말 같았다.

"너는 누구길래 예의도 없이 서 있느냐!"

누군가 소리 지르자 여왕의 눈동자에 가득 찼던 빛은 순식간에 흐릿해져 신경질적이고 짜증이 가득한 사람이 되었다. 다른 사람이라고 해도 믿을 수 있을 것 같았다. 여왕은 자신의 손을 잡으려는 왕의 손을 지나쳐 앨리스 앞에 섰다. 앨리스는 여왕이 가까이 와서야 첫인상과는 달리 앨리스보다 키가 크다는 걸 깨달았다.

"너는 누구지?"

"앨리스."

"오호, 예쁜 얼굴에 어울리는 이름이로구나."

크게 말한 것도 아닌데 왕이 한 말이 귀에 꽂히며 온 몸에 소름이 돋았다. 여왕은 앨리스를 내려다보고 왕의 말을 지우려는 듯 소리쳤다.

"외부인이 들어온 것도 모르다니, 경비병들의 목을 쳐라!"

"나의 카나리아, 나의 장미, 나의 부인, 부디 참으시오. 이 넓은 곳을 지키느라 경비병들이 얼마나 힘들겠소. 목을 치는 것보다 훈련으로 벌을 주는 게 어떻겠소? 무엇보다 이렇게 작고 연약한 소녀가 나쁜 짓을 저지르려 여기에 왔겠소?"

왕은 그렇게 말하며 다가와 여왕의 팔에 손을 올렸다. 다른 사람은 모르겠지만 앨리스의 눈에는 여왕의 팔이 미세하게 떨리는 게 보였다. 신경질적인 표정 속에 담긴 두려움도. 이내 여왕은 표독스러운 눈빛을 하고 속살거렸다.

"목을 치고 실력자를 데려오는 게 더 깔끔하지 않겠어요?"

"실력자를 데려올 돈으로 그대에게 값비싼 모자를

선물하겠소."

"좋아요! 너, 앨리스. 크로케를 같이하자."

여왕은 앨리스의 대답을 듣지 않고 몸을 돌렸다. 우아하지만 타인을 신경 쓰지 않는 여왕을 따라 왕을 비롯한 다른 사람들이 종종거리며 뒤따라갔다. 여왕을 따라가기 전에 왕이 흰 토끼에게 눈짓을 했는지 흰 토끼가 자연스럽게 앨리스에게 다가와 입을 열었다.

"역시 왕께서 좋아할 줄 알았어. 여왕이 되면 보드라운 드레스와 매일매일 맛있는 음식, 반짝거리는 보석을 가질 수 있는데 어때? 원더랜드에서 가장 귀한 사람이 될 기회를 주는 거야."

"싫어요. 여왕님은 저기 계시잖아요."

"왕의 귀여움을 받는다고 기어오르는 것도 적당히 해야지. 공작과 사이가 틀어지면 안 되는데 공작부인이 여왕의 뺨을 때렸단 말이지. 그러면 왕가의 체면을 위해 공작부인을 사형시킬 수밖에 없단 말이야. 돼지 새끼를 낳았으면 집에서 얌전히 요양이나 할 것이지 뭐하러 궁까지 와서 왕족의 몸에 손을 댄 건지."

"돼지요?"

"그래. 말도 못하는 돼지지만 남아를 낳아서 그나마 공작이 체면치레를 했는데 부인이 사형을 당하면 그게 무슨 꼴이냐고. 아무래도 공작가의 피에 영 좋지 않은 게 있는 것 같아 폐하께서 여왕을 바꾸고 싶어 하시는 거야. 게다가 여왕은 달거리를 하지 않아 아이도 낳지 못해. 아이를 낳는다고 해도 공작부인처럼 돼지를 낳거나 닭을 낳을지도 모르는 일이고."

앨리스는 여왕과 공작부인이 어떤 대화를 했길래 뺨까지 때렸을까 생각해봤다. 그러나 도무지 알 수 없었다.

"이미 왕께서는 너를 염두하고 계시니 마음의 준비를 하고 있어."

그 말만 남긴 채 흰 토끼는 총총거리며 왕의 뒤를 따랐다. 앨리스는 자신의 생각은 고려하지 않는 토끼의 말에 기가 찼다. 뒤따라가서 싫다고 하려 했으나 어느새 크로케 경기장이었다.

"모두 제자리로!"

여왕이 소리를 지르자 모두 우왕좌왕하면서 제자리 같지 않은 제자리를 찾아 헤맸다. 앨리스는 크로케에 대해 아는 게 없어 여왕의 근처에 섰다. 여왕은 그런 앨리스를 보고 아무런 말을 하지 않았다.

크로케를 하는 내내 여왕은 저 여자, 저 남자, 저 새끼, 저놈의 목을 치라고 소리쳤다. 여왕의 입에서는 그 험한 말들과 대비되는 청량하고 맑은 목소리가 곧게 뻗어나갔다. 앨리스는 내심 여왕이 부르는 노래를 듣고 싶다고 생각하며 여왕의 뒤를 졸졸 따라다녔다.

주위에서 누군가 공을 치라고 하면 공을 쳤고 가만히 있으라면 있었고 이리로 오라 하면 그리로 가며 시간을 보냈다. 귀족들은 기품 있지는 않지만 순한 얼굴로 얌전히 명령을 따르는 앨리스에게 거리를 조금씩 좁히고 있었다.

앨리스는 그중에서 병사들에게 끌려갔다가 옷이나 머리 모양을 달리해 돌아온 사람들을 발견했다. 액세서리가 사라졌거나, 먼저 사라졌던 사람의 옷을 입고 온 사람도 있었다. 돌아온 사람들은 왕을 향해 은근한 인사를 했고, 왕은 만족스럽다는 듯 자애롭게 웃었다. 여왕은 이걸 알고 있을까?

여왕은 마른 몸매를 가리기 위해 어깨에 커다란 퍼프가 달리고 눈을 어지럽히는 무늬가 그려진 드레스를 입고 있었다. 배에 잔뜩 힘을 줘 소리를 지르는 여왕 주위에는 아무도 없었다. 여왕은 목을 치라고 소리치는 사이사이 왕의 눈치를 살폈다. 앨리스는 왕이 눈짓으로 신호를 주면 여왕이 그자의 목을 치라고 소리치는 걸 알 수 있었다. 그 모습을 보면 볼수록 기분이 나빠져서 여왕에게 가까이 다가가 물었다.

"공작부인과 무슨 말을 했어요?"

"무슨 헛소리를 하는 거지? 네 목도 쳐줄까?"

"당신을 이곳으로 보낸 엄마를 죽이고 싶었어요?"

"아니. 엄마가 제발 자신을 편히 보내달라고 빌었어. 나만 두고, 자기 혼자 편해지겠다고."

앨리스는 그 말을 듣고 무슨 말을 해야 할지 알 수 없었다. 여왕은 화가 났는지 얼굴이 붉게 달아올랐다. 그러자 오히려 창백했던 얼굴에 생기가 돌아 더 아름답게 보였다. 그 얼굴을 보며 홀린 듯이 입을 열었다.

"그렇지만 당신은 여왕이잖아요."

왕과 왕비가 아니라, 왕과 여왕이었다. 두 사람은 성별만 다를 뿐 동등한 왕이었다. 그러나 왕은 이미 오랫동안 왕의 자리에서 통치하던 자였고, 여왕은 왕이 필요해서 뽑은 게 분명했다. 그렇지 않으면 여왕을 자신으로 바꾸겠다는 말도 할 수 없을 것이다. 왕과 공작의 관계를 공고히 하기 위해 공작의 딸을 여왕으로 만든 것 같았다. 여왕은 원래 공작이 될 사람이었을까? 아니, 돼지라도 남아라서 다행이라 했으니 애초부터 권력을 다지기 위한 도구로 키워졌을 게 분명했다. 뭐든 상관없었다. 중요한 건 지금이었다.

앨리스는 바들거리는 여왕을 뒤로한 채 화장실에 간다는 핑계를 대고 잠시 자리를 빠져나왔다. 정원수 아래에서 숨을 돌리고 있을 때 하늘에서 이상한 소리가 들렸다. 으히히힛. 체셔의 웃음이었다. 파란 사과가 열린 것처럼 나뭇가지에 체셔의 머리만 동동 떠 있었다. 앨리스는 무서워하는 대신 환하게 웃으며 손을 뻗었다.

그러자 체셔가 얼굴만 날아와 앨리스의 손에 머리를 부볐다.

"여왕은 미쳐가고 있다 했지? 그 말은 아직 미친 게 아니라는 뜻, 맞지?"

"으응."

"앨리스가 선택할 수 있다고 했던 건, 정확히 무슨 뜻이야? 내가 생각한 게 맞아?"

체셔가 앨리스의 질문에 답을 하려 할 때였다. 어느새 왕이 나타나 앨리스에게 말을 걸었다.

"지금 누구와 이야기하고 있지? 저건 머리만 있는 고양이인가? 몸통은 어딨지? 여왕의 입버릇이 목을 치라고 하는 건데, 저 고양이를 보면 무슨 말을 할지 생각만 해도 사랑스럽군. 생긴 게 마음에 들지 않지만, 내 손등에 입 맞추는 걸 허락하겠다."

왕은 체셔에게 말을 걸면서 앨리스에게 몸을 밀착하려 했다. 그러자 체셔의 눈동자가 동그랗게 변했다. 그 모습은 무척이나 귀여웠지만, 왕을 향해 얼굴이 날아가는 모습은 조금 무섭긴 했다. 체셔는 왕의 풍성한 수염을 깨물어 잡아 뜯었다.

"건방지게! 저런 고양이는 없애야 해!"

털이 엉망으로 뽑혀 볼품없어진 턱을 매만지던 왕은 앨리스를 찾아 여기까지 온 여왕에게 말했다. 본인 스스로 명령하지 않고서.

"여왕, 당신이 저 고양이를 없애주면 좋겠소!"

여왕은 처음 만났을 때 봤던 그 말간 눈동자로 체셔를 바라보고는 소리 높여 외쳤다.

"저놈의 목을 치시오!"

그러자 왕은 병사를 데려오겠다며 부리나케 사라졌다. 사냥감이 사라진 체셔는 흥미를 잃었다는 듯 앨리스 주변을 빙글빙글 돌았다.

"네가 생각한 게 무엇이든, 네 생각이 맞아."

체셔는 그 말만 남기고 으히히힛, 하며 사라졌다. 앨리스는 그 말을 계속 곱씹고 있었다. 여왕은 고양이 털이 잔뜩 묻은 앨리스를 노려보다가 작게 소곤거렸다.

"왕은… 무서운 자야. 보기와는 달라."

"알아. 징그럽고 소름 끼쳐."

"뭐라고?"

"흰 토끼가 나에게 여왕이 될 마음의 준비를 하고 있으랬어."

"그런…. 시키는 대로 다 했는데 어째서…!"

"당신이 공작부인의 피를 이어받아서 그렇댔어. 하지만 방금 있었던 일을 생각해봐. 왕은 당신의 말을 듣고 당신의 뜻을 따르기 위해 사라졌어. 어차피 목을 치라고 외쳐대는 여왕인데 왕의 목도 치라고 하는 건 어때?"

몸을 웅크린 채 덜덜 떨던 여왕은 앨리스의 말을 듣고 서서히 떨기를 멈췄다. 그러고는 꽃이 활짝 피어나는 것처럼 웅크린 몸을 일으켜 꼿꼿하게 섰다. 도드라진 손등뼈나 움푹 들어간 쇄골이 안쓰러웠지만, 여왕은 여왕이었다. 금세 위엄을 되찾아 턱을 살짝 들어 앨리스를 내려다보며 말했다.

"왜 날 돕는 거지?"

"예뻐서? 아, 아니. 친구! 친구가 될 수 있을 것 같아서!"

그 말을 들은 여왕이 나지막하게 웃더니 앨리스에게 손을 내밀었다. 상처 하나 없이 고운 손이었다. 앨리스는 여왕의 웃는 얼굴을 멍하니 보다가 이내 정신을 차리고 손을 맞잡았다. 두 사람은 서로의 손을 단단하게 붙잡고 두 눈을 빛냈다.

　"네가, 왕이 되는 거야."

　"내가, 왕이 되는 거야."

　뼈 위에 살가죽을 살짝 덮은 것처럼 말라서 한없이 연약해 보였으나, 앨리스의 손을 잡는 힘은 강했다. 앨리스는 그것이 살고자 하는 의지인 것 같아 기쁘게 웃었다.

*

　고양이를 죽이러 병사들을 데리러 갔다 온 왕은, 별안간 여왕을 포박했다. 죄목은 사치와 불륜이었다.

　재판장에는 구경꾼들로 바글바글했다. 여왕의 몰락을 구경하러 온 자들이었다. 다들 여왕이 변덕스럽고 사람 목숨을 파리처럼 여기더니 이렇게 될 줄 알았다며 수군거렸다. 가운데에는 여왕의 불륜 상대로 지목된 하트 잭이 선 채로 오들오들 떨고 있었다. 왕이 왕좌에 앉아 손짓하자, 문이 열리고 여왕이 들어왔다.

　아무런 액세서리도 없이, 오직 하얀색 드레스만 입은 여왕은 평소와는 달리 무서울 정도로 아름다웠다. 평소에는 마른 몸매를 숨기기 위해 늘 크고 풍성하며 다양한 무늬가 있는 드레스를 입었으나, 지금은 민무늬에 허리선을 잡고 부드러운 천이 흐르는 드레스를 입어, 여왕의 가냘픔이 두드러졌다.

　그러나 까맣디까만 눈동자 속에 담긴 불꽃이란. 가냘픔을 상쇄하고도 남을 굳건함과 총명함은 숨기려야 숨길 수가 없었다. 눈을 깜박거려서 눈동자가 가려질 때마다 사람들은 눈동자를 볼 수 없다는 탄식을 내뱉고 있었다.

왕은 예상하지 못한 상황에 당황해 그토록 귀애하던 여왕을 어서 잡아 재판장 가운데에 세우라는 명령을 내렸으나, 모든 이를 휘어잡은 여왕은 병사의 극진한 보호를 받으며 도착해 귀족이 가져다준 의자에 앉았다. 모든 이가 여왕만을 바라보고 있었다.

그나마 왕이라고, 제일 먼저 정신을 차린 하트 왕이 소리를 질렀다.

"다들 정신을 차려라! 여왕이 왜 저기 서 있는지 잊었는가!"

사람들은 잠에서 깨는 것처럼 하나둘씩 정신을 차리고 허둥지둥 자세를 바로 했다. 여왕은 그때까지도 아무 말 없이 고요히 앉아 있었다.

"흰 토끼는 소송장을 낭독하라!"

그러자 검은색 정장을 입은 흰 토끼가 왕에게 정중하게 인사한 다음 두루마리를 펴서 읽기 시작했다. 하트 여왕이 온종일 구운 파이를 하트 잭에게 선물했다는 것이었다. 그게 무슨 잘못이지? 사람들이 웅성거리자 흰 토끼는 헛기침하더니 뒤이어 말했다.

"파이와 함께 연애편지를 하트 잭에게 준 것을 본 자가 있습니다. 증인이 대기 중입니다."

"증인은 들어오라."

그러자 문이 열리고 모자 장수가 들어왔다. 모자 장수는 아무 무늬도, 장식도 달리지 않은 남색 모자를 쓴 채였다. 왕을 비롯한 많은 사람 사이에서 의견을 말하려면 무척 떨릴 텐데, 모자 장수는 그런 기색이 하나도 없었다. 마치 미리 알고 있던 사람처럼 걸음걸이와 인사, 증언에 대한 맹세도 자연스러웠다. 어쩌면 이렇게 여왕의 죽음에 대해 의뢰하고, 그게 실패하면 여왕을 추락시키려 하는 일련의 일이 처음이 아닐지도 모른다는 생각이 들었다. 그래서 여왕도 꼭두각시처럼 왕의 말을 따랐던 건 아닐까.

"네 소개를 해라."

"원더랜드에서 가장 존귀하고 존엄하신 왕께 제 소

개를 올립니다. 저는 모자 장수로 여기 계신 여왕께서 더 아름답고 누구보다도 돋보일 수 있는 모자를 팔고 있습니다."

"네가 본 것을 자세히 말해보아라."

"네. 저는 그날도 여왕께서 모자를 구매하신다기에 아주 값비싼 모자를 챙겨 궁으로 들어갔습니다."

모자 장수는 말을 끝마치고 순식간에 모자를 바꿔 썼다. 티타임에서 본 보석을 통으로 깎아 만든 모자였다. 사람들은 어마어마한 보석 크기에 놀랐다. 미처 입을 손으로 가리지 못한 이들도 있었다. 찬란하게 빛나는 보석에 사람들의 눈이 멀 것 같았다.

모자 장수가 그날을 재연하듯 보석 모자를 벗어 여왕에게 내미는 순간, 여왕의 아름다움에 보석 모자의 빛이 가려졌다. 앨리스와 군중들 모두 그 모습에 감탄했다.

"보시는 바와 같이 여왕께서 너무나도 아름다우신 바, 제가 힘들게 구한 모자의 값어치가 떨어지고 말았습니다. 그동안의 노력이 허사가 되는 것 같아 상심해

있는데, 여왕께서 그래도 모자를 구하기 위해 노력한 저를 칭찬하신다며 제게 직접 구운 파이를 주셨습니다. 여왕의 측근 시종인 하트 잭도 당연히 한 공간에 있었기 때문에 하트 잭에게도 파이를 나눠주셨습니다. 그때 저는 보고야 말았습니다. 파이 접시 밑에 깔린, 빨간 하트가 그려진 편지지를!"

모자 장수의 말을 따라 사람들이 오오, 어머나, 세상에 따위의 감탄사를 남발했다. 정숙해야 할 재판장에서 제일 조용한 사람은 가장 높은 곳에 있는 왕과 재판을 받는 당사자인 여왕과 하트 잭, 그리고 앨리스뿐이었다.

"저는 좋은 모자를 찾아다니기 위해서 모든 것을 관찰하다 보니 눈이 좋습니다."

모자 장수는 이 상황에서 모자를 팔기 위한 영업을 하고 싶은 것인지, 저 한 문장을 말하면서도 몇 번이고 모자를 획획 바꿔 썼다. 그때 봤던 모자가 아니었다. 그새 새로운 모자를 구한 건지, 어딘가에 쌓여 있는 모자를 가져오는지 알 수 없었다.

사람들은 모자 장수의 새롭거나 아름답거나 기괴하거나 독특한 모자에 관심을 두는 게 아니라, 여왕만을 계속 바라보고 있었기에 모자 장수는 처음에 쓰고 들어온 남색 모자를 쓰고 말을 이었다.

"그래서 편지에 적힌 내용도 볼 수 있었지요. 자신보다 너무 늙은 왕이 지겹고,"

이때 왕은 눈살을 매우 무섭게 찌푸리고 모자 장수를 노려봤다. 그러나 모자 장수는 눈치를 보면서도 꿋꿋하게 말을 이었다.

"그동안 비싼 모자들을 사들여 모은 재산도 많으니 함께 사랑의 도피를 하자는 것이었습니다."

"그러나 하트 잭은 그 편지를 받고 두려워서 혼자 도망치다 이리 잡혀 왔다. 여왕, 네 죄를 알겠는가?"

여왕은 안다, 모른다 답하지 않고 왕을 올려다봤다. 꺼지지 않는 빛을 발하는 눈동자가 번뜩였으나, 어린 여왕이 할 수 있는 건 없었다. 단 하나도. 왕은 왠지 모르게 느껴지는 섬뜩함을 무시한 채 다음 증인인 정원사를 불렀다.

"증인은 고하라."

"예, 예. 저는 정원사로, 현재 하는 일은 하얀 장미에 빨간색을 칠하는 것입니다."

"처음부터 빨간 장미를 심으면 될 일 아닌가. 왜 그런 짓을 하는 거지?"

"그것이… 처음에는 하얀 장미를 심으라고 명하셨습니다. 다 심었더니 마음에 안 드신다며 빨간색으로 칠하라고 하셨죠."

그러나 이곳에 있는 귀족 대부분은 그게 뭐가 문제인지 몰라 웅성거렸다. 여왕은 변덕쟁이였으나 백성들을 사람 취급하지 않는 귀족들에게는 저들이 주인이 원하는 대로 일하는 게 당연했다. 본인들 또한 집에 가면 시중인들을 코끝으로 부렸으니까. 보석 모자, 세상에서 하나밖에 없다는 새가 떨어뜨린 깃털을 모아 꾸민 모자, 백성들을 부려 딴 어린 잎으로 엮은 모자…. 그것들은 일국의 여왕이라면 당연히 누릴 수 있는 것이라 생각했다.

"솔직히 애인도 만들 수 있는 거 아니야? 나도 있는

데 여왕님이라면 서너 명이 있다 해도 괜찮지."

"여왕님과 왕님 사이에 아이가 없잖아. 그래서 그런 거 아니야?"

"그건… 왕님이 나이가 많아서 안 생기는 거 아니었어?"

"그래. 공작이 후계자가 생겼다며 새끼 돼지를 끌어안고 좋아했다잖아. 왕님도 공작이랑 나이가 비슷하니까 생겨봤자 돼지나 닭 아닐까?"

"그래도 왕님은 잘생겼으니까 말이나 개일 수도 있어."

조용한 재판장에서 나누는 대화가 재판장 전체에 울렸다. 그 소리를 들은 귀족들이 고개를 끄덕거렸다. 왕은 얼굴이 시뻘게진 채 의자 팔걸이를 거세게 내리쳤다. 쾅! 강한 소리와 함께 부러진 팔걸이가 계단으로 굴러떨어져 여왕 앞에 도달했다.

"누가 그딴 소리를 하는가! 내가 어린 여왕을 배려해 여왕이 원하는 대로 해주느라 조용히 있었다고 이리 무시하는 것이냐!"

사람들은 왕의 거센 분노에 당황해 몸이 얼어붙었으나, 여왕은 떨어진 팔걸이를 무심히 왕을 향해 발로 찼다. 툭, 하고 계단에 닿는 소리가 경쾌하게 들렸다. 마치 꽁꽁 얼었던 얼음이 봄을 만나 갈라지는 소리 같기도 했다.

"사람들은 나를 더 무서워하나 봅니다, 왕."

여왕이 자리에서 일어나자 드레스 자락이 물결쳤다. 또각거리는 발소리는 파도처럼 밀려와 군중들의 가슴 속을 휩쓸고 지나갔다. 여왕은 천천히, 그러나 위엄 있게 걸었다. 왕을 향해, 왕보다 더 높은 곳을 향해. 왕이 있는 제단에 오르자 카펫 때문에 발걸음 소리가 들리지 않았지만, 환청처럼 귓가에 맴돌았다. 그 때문인지 누구도 여왕을 제지하지 못했다. 당연히 있어야 할 곳으로 가는 모습이었다.

여왕은 왕이 앉아 있는 의자를 지나 그 뒤에 있는 대리석 장식대 앞에 섰다. 가볍게 손을 들어 위에 있는 거대한 꽃병을 밀어냈다. 바닥에 푹신한 카펫이 깔려 꽃병이 깨지지는 않았지만, 그 안에 있는 붉은 장미들이 꽃병 안에 있던 물에 닿아 하얗게 변해갔다.

붉은 물감과 물이 만나 피처럼 붉은 물이 여왕의 하얀 드레스를 적셨다. 타오르는 불꽃, 생생히 피는 장미, 생명의 피와 같은 색으로 물든 여왕은 한층 더 아름답고 생생하게 보였다. 여왕은 아랑곳하지 않고 장식대 위에 손을 올렸다. 올라가려고 두 팔에 힘을 주는 게 보였으나, 여왕의 가슴 위로 올라오는 높이의 장식대라 여왕 혼자서는 도저히 올라갈 수 없었다. 여왕이 몸을 돌려 재판장을 내려다봤다. 물 먹은 드레스는 점점 더 붉어지고 있었다.

"앨리스."

또렷하고 선명한 목소리였다. 여왕은 앨리스를 불렀고, 앨리스는 그 부름에 응했다. 성큼성큼 여왕에게 다가가자 왕 근처에 있던 호위기사들이 막으려 했다. 여왕은 차마 건드릴 수 없어 그냥 보냈지만, 수상한 자가 왕에게 접근하는 건 두고 볼 수 없었다.

그러나 앨리스는 검도 뽑지 않고 가볍게 호위기사들 사이를 지났다. 그 누구도 앨리스를 제지할 수 없었다.

앨리스가 여왕에게 똑바로 가는 걸 선택했으므로. 앨리스는 가벼운 몸짓으로 장식대 위로 올라가 여왕을 끌어당겼다.

여왕과 앨리스는 재판장 내 가장 높은 곳에 올랐다. 왕의 정수리도 보이는 높이였다. 가운데가 뻥 뚫린 왕관 안에는 머리카락이 봉긋하게 떠 있는, 다른 머리카락으로 있는 힘껏 가렸으나 속이 훤히 들여다보이는 정수리가 있었다. 왕은 여왕이 자신의 정수리를 보는 걸 알고 저도 모르게 두 손으로 머리를 가렸다.

그러자 커다란 보석과 녹슬지 않는 황금으로 만든 왕관이 바닥으로 떨어졌다. 왕은 허겁지겁 자리에서 일어나 한 손으로는 머리를 가리고 허리를 숙여 왕관을 주웠다. 볼품없는 모습이었다. 흰 토끼는 사람들의 시선을 왕에게서 떼어내기 위해 앨리스에게 소리쳤다.

"애, 앨리스! 여왕이 되려는 게 아니었어? 왜 여왕의 편이 된 거지?"

"난 싫다고 했어."

그러자 흰 토끼가 어이없다는 듯 두 발로 거세게 팡

팡 뛰어올랐다. 원더랜드의 외부인인 앨리스는 중요한 존재였다. 이대로 여왕에게 뺏길 수 없었다.

"원래 세상으로 돌려 보내줄게! 그건 나만 할 수 있어!"

그러자 여왕이 불안한지 발바닥으로 바닥을 톡톡톡 두드리는 소리가 들렸다. 앨리스는 여왕을 쳐다보지 않은 채 잡은 손에 힘을 줬다. 그러자 두드리는 소리가 잠잠해지더니 마주 잡아 오는 힘이 강해졌다.

"여왕은 왕이 될 거야."

원더랜드의 외부인이 강한 바람을 담아 선택한 것이 언어가 되어 흘러나왔고, 그것은 원더랜드의 법칙이 되었다. 할머니에게 받은 행복만을 부여잡은, 기억나지 않아 다행인 삶을 살았던 소녀는 앨리스가 되어 행복해지길 선택했다. 앨리스는 이제 왕이 될 여왕과 함께 바닥으로 안전하게 내려와 무능한 왕을 향해 천천히 걸어갔다.

호위병들은 여왕을 막지도 왕을 돕지도 못한 채 제자리에 서 있었다. 정면에서 바라본 왕은 더 볼품없었다.

검버섯을 가리기 위한 분칠이 군데군데 벗겨져 있고 눈
동자는 맑지 않았다. 여왕이 가볍게 손을 뻗어 왕관을
뺏었다. 그리고 스스로 왕관을 썼다. 왕은 어리게만 생
각했던 여자아이가 자라 자신의 자리를 뺏어가는 걸 지
켜볼 수밖에 없었다. 어느새 하얀 드레스는 빈틈없이
붉게 물들어 있었다.

"이제부터."

이곳에 모인 이들은 이제부터 여왕만이 오직 하나뿐
인 왕이 되었음을, 여왕이 말하기 전부터 깨달았다. 누
가 먼저라 할 것 없이 고개를 숙이고 예를 갖추었다. 그
것은 흰 토끼도 마찬가지였다. 살려면 바닥에 납작 엎
드려야만 했다.

"내가 원더랜드의 왕이다."

"경하드리옵니다!"

"앞으로 많은 것을 바꿀 터이니, 그대들은 잘 따라주
길 바란다. 어차피 내 말을 따르는 건 평소에도 하던 일
이지 않나."

여왕은 인상을 쓰거나 화만 내고 다니던 평소와 달리

화려하게 웃고는 왕만이 앉을 수 있는 의자에 앉았다. 그 옆에는 당연히 앨리스가 있었다.

사람들이 그 말을 듣고 생각해보니 여왕이 한 말이 맞는 말이었다. 누군가를 사형시키거나 명령을 내릴 때, 모든 말은 여왕의 입에서 나왔었다. 왕은 그저 그럽시다, 그건 좀 그렇지 않겠소, 하며 여왕의 말을 듣거나 말리거나 할 뿐이었다.

여왕이 시종장에게 손짓을 하자 재판장의 문이 활짝 열리며 시종들이 술을 가지고 귀족들 사이사이를 돌아다녔다. 모든 사람이 술잔을 받았을 무렵, 누군가 술잔을 높이 들고 소리쳤다.

"왕님을 위하여!"

"위하여!"

기력을 잃은 왕은 자꾸만 쪼그라들고 쪼그라들어 민들레 홀씨처럼 허공을 부유했다. 어느샌가 나타난 체셔가 와앙 하고 먼지처럼 작아진 왕을 한입에 삼켜버렸다. 사람들은 전 왕이 어딘가로 가버렸겠거니 생각하며 축배를 들었다.

왕이 앉는 의자는 무척 커서 왜소한 앨리스와 왕 두 사람이 앉기에 충분했다. 앨리스는 왕의 손짓에 어쩔 수 없이 옆에 앉아, 붉게 물든 드레스의 축축함과 그 아래에 있는 체온을 느끼고 있었다.

"이제 뭐 할 거야?"

"왕의 간신들을 없앨 거야. 소녀를 바치던 흰 토끼도, 비자금을 조성하던 모자 장수도, 자식을 팔아 권력을 산 공작도…."

"행복해지기 위한 일이네."

"행복…. 응, 이제 행복해질래. 우리 같이 행복해지자."

다리와 다리를 맞대고, 어깨를 붙인 채 소곤거리니까 앨리스도 왕처럼 붉게 물들었다. 옷도, 볼도, 귀도, 입술도.

이곳은 이상하고 아름다우면서도 사랑이 넘치는 나라, 원더랜드다.

안녕하세요, 김청귤입니다. 소설을 선보일 때마다 소설을 재미있게 읽으셨을까 늘 걱정하곤 합니다. 앨리스를 주제로 청탁이 왔을 때, 어떤 이야기를 쓸 수 있을까 많은 고민을 했습니다.

저는 앨리스가 '소녀'라는 것에 집중했고, 소녀가 성장하는 이야기를 쓰고 싶었습니다. 이상한 나라에서 벌어지는 일들은 당연히 이상합니다. 현실에서 힘들고 슬픈 일을 겪었던 앨리스는 여왕이 자신과 비슷한 처지라는 걸 눈치챕니다. 모두가 외면할 때, 소녀만이 소녀에게 손을 내밀고 성장할 수 있다고 응원합니다. 소녀는 결국 자랍니다. 그리하여 두 소녀가 끝내 행복해지는 이야기를 썼습니다.

쓰는 동안 유튜브에 있는 〈선우정아-JAZZ BOX vol.6〉의 첫 곡인 'Alice in Wonderland'를 주로 들었습니다. 그래서 제목도 「앨리스 인 원더랜드」라고 정했습니다. 밝고 상냥한 음악이라 엔딩과 잘 어울리지 않나 생각해봅니다.

이 글을 읽어주신 여러분도 언제나 행복하길 바랍니다. 감사합니다!

A
♠

꿈은 항상 배신을 하니

———— 이서영

"네가 누군지 말해보라니까!"

"죄송하지만, 저도 저를 잘 모르겠어요. 아시다시피
지금 저는 제가 아니거든요."

*

    손이 작았다. 짧은 손톱과 자그마한 손을 보다가, 여기저기로 시선을 돌렸다. 가는 발목과 팔목, 키는 150센티미터 남짓 되려나. 작은 손을 얼굴로 가져갔다. 얼굴은 유난히 보드라웠다. 흰 치마는 무릎길이에서 찰랑거렸다. 주위를 둘러보았다. 5월, 아니면 6월? 손을 뻗어 쓸어내린 장미 꽃잎은 날개처럼 부드러웠다.

    이제 곧 기억이 없어질 것이다. 몇 번을 해도 똑같았다. 그리고 완전히 기억이 없어지기 전까지는 아무것도 시작되지 않을 것이다. 아직 기억이 남아 있는 동안, 나는 생각했다. 저 하늘이 내가 보았던 하늘과 얼마나 흡사한지, 귓전을 돌아다니는 벌레들의 소음이 얼마나 익숙한 것인지. 아니, 굳이 이런 소음까지 재현할 필요는 없었을 것도 같은데.

    손 위로 잠자리 한 마리가 앉았다. 날개를 어떻게 잡으면 되었는데, 어떻게 잡는 거였더라. 양손으로 대충 날개를 움켜쥐는 바람에 잠자리는 휑하니 날아가버렸

다. 날아가는 잠자리를 멍하니 바라보았다. 꽤 널찍한
정원이었다.

"아리야!"

고개를 돌린 곳에, 40대 초반 정도로 보이는, 아니 어
쩌면 조금 더 들었나? 아무튼, 중년이라기에는 약간 젊
어 보이는 여자가 서 있었다.

"뭐 하니, 아리야."

여자는 가까이 다가와서 내 팔을 쓸어내렸다. 팔에
닿는 감각이 어색할 것 같았지만, 의외로 나쁘지 않았
다. 나는 조용히 여자의 손길에 몸을 맡겼다. 차갑고 부
드러운 손이 몇 번씩 내 팔을 오가고 난 다음에, 여자는
내 손을 잡았다.

"집으로 가자."

엄마, 엄마라는 단어가 갑자기 머릿속에 떠올랐다.
이 여자가 내 엄마다. 불쑥 의아해졌다. 왜 이렇게 어린
아이지? 뭐가 날 이렇게 어리게 만든 거지? 의아해하면
서도, 나는 여자의 팔을 두 손으로 감싸 안았다. 몇 번이
고 비슷한 경험이 있었다. 상황에 관한 판단이나 의지

보다 감각은 언제나 우선했다. 특히 그중에서도 촉각은 더욱 그랬다. 온도와 습도를 비롯해 숨을 쉬고 내뱉게 하는 몸의 힘은 그 이전의 모든 것을 흐려지게 했다. 나는 의아함이 구체적으로 머릿속에서 지워져가는 것을 똑똑하게 감각하기 위해 노력했다.

무엇 때문인지는 몰랐다. 망각조차도 철저하게 느끼려는 이 강박이 어디에서 오는지, 그걸 파악하기는 어려웠다. 다만 이 껍데기가 애초에 내게 주어진 게 아니었다는 걸 어쩐지 알고 있었다. 애초에 이 어린 몸뚱아리가 나의 몸뚱아리는 아니었다. 하지만 빠르게 이 몸뚱아리에 적응하고 있었다. 이 몸이 내 몸이 아니라는 사실도 머지 않아 잊힐 것이다. 늘 그랬듯이.

늘 그랬듯이? 어렴풋하게 그 이전의 기억이 있었다. 아니, 기억은 아니었다. 흔히 기억은 과거에 있었던 사건을 서사적으로 떠올릴 수 있는 걸 지칭하니까. 이건 기억이라기보다는 그 이전에 있었던 다른 감각이었다. 반복적으로 다른 신체에 접촉하고, 그 신체와 동화되면서 이물감이 사라져갔던 느낌. 하지만 무엇 때문에 이런 일이 반복적으로 발생하는지는 떠오르지 않았다. 무엇 때문에 이런 상태에 놓여 있는지를 감각하는 게 꽤 중요한 일인 것 같은데, 그 연유가 무엇인지를 알 수가 없었다.

그 와중에도 세상은 다양한 색깔로 망막을 스쳐 지났다. 망막에 상이 맺히고 또 지나가는 동안 생각은 마찬가지로 머릿속을 지나쳤다. 엄마는 내 손을 꼭 잡고 정원을 지났다. 커다란 나무 아래를 지날 때 갑자기 꽤 센 바람이 불었고, 귓가에 빗소리 같은 바람 소리가 들이닥쳤다. 나뭇잎이 서로 거세게 부대끼는 소리에 나는 숨을 크게 들이키며 엄마 손을 꼭 쥐었다. 엄마는 미소지으며 내 쪽을 잠시 돌아봤다가 다시 걸음을 재촉했다. 엄마의 치맛자락이 사각거리는 소리도 나뭇잎 소리를 닮았다.

집으로 올라가는 계단은 나선형이었다. 계단을 올라가는 길은 신기하면서도 아름다웠다.

"네 방에 잠깐 들어가 있어. 조금 이따 부를게."

방문을 열자, 아름답지만 낯선 풍경이 펼쳐졌다. 몸

에 맞는 작은 침대와, 귀여운 벽지. 열 살 남짓한 소녀에게 어울리는, 그런 소녀라면 누구나 꿈꿀 법한 방이었다. 작은 책상 옆에 세워진 책꽂이에는 예쁜 그림이 있는 그림책, 글밥이 조금씩 길어지기 시작하는 동화책들이 보였다. 손을 뻗어서 아무 책이나 꺼냈다. 세계명작이라는 글씨 아래에 『이상한 나라의 앨리스』라는 제목이 보였다. 원피스 위에 에이프런을 두른 긴 머리의 소녀. 내 나이와 비슷한 또래로 보였다. 어디서 많이 본 것 같은 표지인데, 잘 기억나진 않았다. 잊혀가는 것들을 기억해야 한다는 감각도 흐려지고 있었다. 사고의 패턴이 단순해지고 있다는 것도 알 수 있었다. 이제 남은 건 한 가지 정도뿐이었다.

'잊기 전에 써둬야 해.'

책상 위에 있는 연필과 노트에 급하게 글씨를 써 내려갔다. 연필 끝에서 나오는 글씨는 그야말로 열 살배기 여자아이의 글씨였다. 어색함도 길지 않았다.

「어린아이가 되었다, 나는 굴욕적이다.」

굴욕이라는 단어는 잊혀지지 않았다. 굴욕이 무슨 뜻

인지 설명할 수 있었던 시간도 금세 지나갔다. 글씨를 쓰자마자, 이 글씨가 무슨 뜻인지 파악할 수 없었다. 나는 아리, 이 집에는 엄마가 있다. 여기는 내 방이고, 나는 지금 눕고 싶다. 노트는 덮어서 책상 서랍에 넣어두고, 아까 꺼냈던 책을 들고 침대에 드러누웠다. 아주 오래전에 그려진 것 같은 그림은 나름대로 귀여웠다. 이야기는 앨리스라는 아이가 공부하기 싫다고 투덜대는 것부터 시작했다. 시계를 든 하얗고 귀여운 토끼가 앨리스 앞을 지나가고, 앨리스가 토끼를 따라 달려나갈 때쯤, 누군가 방문을 두드렸다.

"아리야, 들어가도 되지?"

"네."

엄마가 웃으며 방문을 열었다. 엄마 냄새가 훅 끼쳐 들어왔다. 마음이 포근해졌다.

"기분은 괜찮니?"

"엄마, 굴욕적이라는 게 무슨 말이에요?"

"굴욕-적. 굴욕을 당하거나 느끼게 되는 것이지."

"네…? 그럼 굴욕은 뭔데요?"

"굴욕. 남한테 억눌려서 업신여김당하는 거란다."

억눌린 적이 있던가, 업신여김당한 적이 있던가. 기억나지 않았다. 하지만 이상하게 굴욕이라는 단어가 머릿속을 빙빙 돌았다. 엄마는 내 속을 아는지 모르는지, 내 긴 머리카락을 천천히 쓰다듬으면서 말했다.

"저녁은 뭘 먹고 싶니? 김치찌개는 어떨까?"

나는 고개를 천천히 끄덕거리며 눈을 감았다. 김치찌개라니 어쩐지 지금 이곳의 향기와 분위기랑은 썩 어울리지 않는다는 생각이 들었지만, 별로 중요한 일은 아니었다. 엄마는 한참 내 머리카락을 더 쓰다듬어주다가 방을 나갔다. 곧 포근한 김치찌개 냄새가 방에까지 올라왔다.

식탁에는 나와 아빠, 엄마 셋이 둘러앉았다. 엄마는 앞치마를 두르고 찌개를 한 그릇씩 떠서 건네주었다. 아빠는 넥타이만 끄른 채 식탁에 앉았다. 그림에서 나오는 것 같은 완전한 식탁이었다. 김치찌개 냄새가 코끝을 간질였다. 숟가락을 들어서 김치찌개를 떠서 입에 가져갔다. 김치찌개 맛조차도 상상을 조금도 벗어나지 않았다. 즉, 아주 전형적으로 맛있었다는 소리다.

엄마와 아빠는 굳이 내게 적극적으로 말을 걸진 않았다. 자연스럽게 서로의 대화를 시작했다. 회사에서 있었던 이야기, 오늘 날씨가 어땠다느니, 친척들 이야기, 옆집에 사는 누군가의 이야기. 이야기조차도 드라마에서 나오는 것처럼 자연스러웠다. 별다른 내용이 없지만, 사소한 것들이 별다른 내용인 이야기. 어색할 만한 구석이 하나도 없는데 왜 이렇게 어색한 기분이 드는지 알 수가 없었다. 아까 봤던 그림책을 생각했다. 몸이 커져서 집에 꽉 끼어버린 소녀의 그림이 있었다. 꼭, 집에 꽉 끼어버린 기분이었다. 아니면 스스로를 제어할 수 없는 거대한 온실 속에 있는 기분이었다. 아무 말도 없이 천천히 김치찌개 국물만 떠먹는 걸 본 엄마가, 계란말이를 내 앞으로 당겨주었다.

"아리야, 밥도 먹고 계란말이도 먹어. 계란말이 좋아하잖아."

내가 계란말이를 좋아했나?

"내가 계란말이를 좋아해?"

·"그럼. 맛이 없어?"

젓가락을 들어서 계란말이를 하나 집어 입으로 가져
갔다. 계란말이의 맛도 김치찌개와 마찬가지였다. 찍어
낸 것 같은 계란말이의 맛. 작은 온실에서 찍어낸 것 같
은 느낌이었다.

"아니."

"맛있지 않니? 아빠는 엄마가 만들어준 계란말이를
먹을 때면 피로가 다 씻기고 행복하더라고."

"아빠가 그런 게 무슨 상관이야? 아빠는 아빠고, 나는
나잖아."

의아한 표정으로 아빠를 보자, 아빠는 약간 미묘한
표정을 지으며 웃었다. 웃는 건지, 안 웃는 건지 헷갈리
는 얼굴이었다.

"아리가 그렇게 말하면 아빠가 민망한데. 아빠는 아
리도 아빠처럼 맛있게 먹었으면 좋겠어서 말한 거야."

"민망하다고?"

"그래, 부끄럽다는 뜻이야."

"옷을 벗고 있는 것도 아니고, 나쁜 말을 한 것도 아

닌데 왜 부끄러워?"

아빠는 손을 들었다. 나는 나도 모르게 움찔, 어깨를 움츠렸는데 아빠의 손은 내 머리카락 위로 천천히 움직였다. 아빠는 머리를 쓰다듬으면서 말했다.

"아직 아리는 다른 사람 마음을 잘 이해 못하는구나. 크면 괜찮아질 거야."

"크면…?"

"어른이 되면 말이지. 이제 밥 거의 다 먹었으니까, 아빠는 설거지를 하고 있을게. 아리도 다 먹으면 먹은 그릇 가지고 싱크대로 오렴."

식사를 마치고 가족은 거실로 자리를 옮겼다. 세 사람은 거실에 앉아서 드라마를 틀었다. 드라마의 내용도 어딘지 이상했다. 드라마 속에는 아무렇지 않게 일상을 살아가는 가족들이 나왔다. 홈드라마라는 게 원래 이런 거였던가? 드라마 속의 가족들은 별다른 사건도 없이 일상적인 대화를 나누고, 일상적인 생활을 영위했다. 무서운 재벌도 나오지 않았고, 돈으로 서로 뺨을 친다거나, 거센 대화가 오가지도 않았다. 평범한 직장생활을 하는 가장으로서의 아버지, 평범한 전업주부로서 일상을 사는 어머니가 있었다. 자식은 큰 오빠와 두 여동생. 남매는 싸움도 잘 하지 않았다.

드라마 속의 막내 여동생이 언니에게 만화책을 빌려달라고 했다.

"언니, 나 전에 읽던 만화책 좀 빌려줘."

언니는 책꽂이 꼭대기를 가리켰다.

"너한테 빌려주고 나서 만화책에 약간 곰팡이가 슬어서 말리고 있어."

"그래? 난 괜찮아. 올라가서 가지고 갈까?"

"아니."

"왜?"

언니의 표정이 묘하게 일그러졌다.

"아니야, 됐다. 나중에 얘기하자. 일단은 잠깐 나가줘."

엄마가 텔레비전을 보던 내 팔을 꼭 붙잡았다.

"아리야, 저 언니가 어떤 기분을 느꼈는지 알겠니?"

"저 언니는 왜 만화책을 안 빌려주는지 모르겠어."

"언니는 만화책을 빌려주기 싫은 거야."

"왜 싫다고 말을 안 해, 그럼?"

"그건…."

엄마가 잠깐 말을 멈추자, 아빠가 이어서 말을 시작했다.

"언니는 싫다고 말을 한 거야. 조금 돌려서 말한 거지. 동생한테 빌려주고 나서 만화책에 곰팡이가 슬었어. 그러면 언니는 기분이 어떻겠어?"

"몰라."

"아리는 아리가 좋아하는 책에 곰팡이가 슬면 기분이 좋아?"

"…모르겠어."

"아리는 몰라도 대부분은 기분이 나쁘단다. 왜냐면, 자기 물건이 상처를 입은 거잖아."

나는 천천히 고개를 끄덕였다. 상세한 설명이 여전히 어색했다. 드라마가 끝난 다음에, 엄마는 계단을 올라서 잠자리까지 나를 데리고 갔다. 침대에서는 라벤더 냄새가 났다. 아까도 이런 냄새가 났었는지 잘 기억나지 않았다. 침대는 보송했고, 방 온도는 포근했다. 나는 누워서 이불을 턱 끝까지 올리고 눈을 감았다. 엄마는 방 안에 들어와서 푹 자라고, 내일 아침에 깨우겠다고 다정스러운 말투로 말하고는 나갔다.

나는 잠이 잘 오지 않았다. 분명 나를 둘러싼 모든 것들은 이해하기 어려운 게 하나도 없었다. 나는 부모님의 사랑을 받는 열 살, 화목한 가정에서 행복하게 지내고 있었다. 부모님은 친절했고, 언성을 높이는 일은 없었다. 서툴더라도 알려주고 기다려주는 좋은 사람들이었다. 그렇다면 대체 이 기분은 뭐지. 창밖에는 하얀 달이 휘영청 떠 있었다. 조심스럽게 자리에서 일어나서 창문을 열었다. 적당히 선선한 밤공기가 훅 들어왔다. 창틀에 턱을 괴고 앉아서 가만히 달을 보면서 생각했다. 이상하다. 어떻게 달까지도 나와는 어울리지 않는다는 느낌이 드는 걸까. 오늘 본 모든 것이 나와는 걸맞지 않은 옷처럼 삐걱거렸다.

창문을 닫고 다시 눈을 감자, 이번엔 누가 재우기라도 한 것처럼 급속도로 잠에 빠져들었다.

아침에 일어났을 때는 이 어색함이 너무 익숙해서 어색하지도 않았다. 하얀 앞치마를 두르고 방에 들어온 엄마는 창문을 활짝 열어서 날 깨웠다. 창밖에서는 아침이라고 정확하게 알리는 듯한 새소리가 들렸다. 거짓말처럼 작은 새 한 마리가 포르르 날아가는 게 보였다. 엄마는 환하게 웃으며 아침 먹고 학교 갈 준비하자고 말했다. 엄마는 머리카락을 꼼꼼하게 말린 다음에, 한쪽씩 양 갈래로 땋았다. 엄마의 손은 차갑고 부드러웠다. 머리카락을 꼭꼭 당겨서 땋았지만 아프지도 않았다.

엄마가 차로 데려다주는 등굣길도 이상하리만치 아름다운 건 마찬가지였다. 아름다운 숲속 도로를 미끄러지듯이 달리면서 나는 가만히 생각했다. 원래 등굣길이라는 게 이렇게 아름다운 것이었던가? 물론, 나는 이 등굣길 외에 다른 등굣길을 알지 못했다. 나는 열 살이었고, 이 이전엔 학교에 다닌 적도 없으며, 언제나 엄마는 나를 학교로 데려다줬으니까. 언제나? '언제나'라는 단어에 갑자기 의문이 치밀었지만, 뭐가 의문인지는 알

수가 없었다. 엄마가 창문을 열었다.

"바람이 너무 좋다."

정말이었다. 나는 가만히 눈을 감고 머리카락을 스치는 바람을 느꼈다. 바람이 얼굴 쪽으로 기분 좋게 불어올 때마다 의문들은 천천히 머릿속에서 사라져갔다. 언제나, 라는 글자가 하나씩 자음과 모음으로 흩어지면서 지워졌다. 눈을 떴을 때는 ㅇ 정도만 간신히 남아 있을까. 어느새 학교 앞에 도착했다. 학교는 동화책에 나오는 멋진 성처럼 우뚝 서 있었다.

"농담 같네."

엄마가 의아한 표정으로 생글 웃으며 고개를 내 쪽으로 돌렸다.

"뭐가?"

"다. 이 등굣길, 학교 생김새, 엄마까지 전부."

엄마는 어리둥절한 표정으로 날 가만히 바라보다가 고개를 갸웃거리며 문을 열었다.

"3학년 5반인 거 알지? 이따가 데리러 올게. 혹시 친구들이랑 약속이 있으면 연락하고."

엄마는 차를 몰고 자리를 떠났다. 3학년 5반은 2층에 있었다. 교환가 싶을 정도로 고풍스러운 복도와 계단을 지나서 반에 들어서자, 같은 반 아이들이 저마다 가볍게 웃으며 인사를 건넸다. 밝고 큰 소리로 인사를 건네는 아이도 있었지만 약간 수줍게 고개만 흔들어 인사를 하는 아이도 있었다. 가만히 뒤에 서 있자 한 명이 다가와서 말을 걸었다.

"아리, 왜 거기 가만히 서 있어. 네 자리 여기 내 옆이잖아."

누군가 다가와서 알려줄 줄 알았지. 나는 그녀를 따라가서 셋째 줄 두 번째 책상에 가방을 놓았다.

"아리는 오늘도 어머니가 바래다주신 거야?"

천천히 고개를 끄덕였다.

"어머니가 아리를 정말 아끼시나 보다. 매일 차로 바래다주시고, 데려가시고."

익숙한 위화감이 마찬가지로 스쳐 지났다. 이건 명백히 또래의 대화는 아니었다. 몇 살 어린 동생 대하듯, 어르고 달래듯 말하고 있었다. 옆자리 아이가 꺼내놓는

교과서를 보았다. 교과서 위엔 또박또박한 글씨로 오광
모라고 쓰여 있었다.

"광모야."

"응?"

"너는 열 살이지?"

"그렇지. 3학년이니까 우리 다 열 살이지."

고개를 끄덕이고 가방을 열었다. 어렴풋하게 반복적
으로 떠올랐던 굴욕감이라는 단어의 정체를 알 것 같기
도 했다. 엄마와 아빠가 나보다 어른인 건 당연했다. 하
지만 그들이 나를 대하는 방식은 어딘지 이상했다. 이
곳의 아이들도 마찬가지였다. 하지만 이 대화를 이해하
는 건 쉬운 일이 아니었다. 원래부터 이렇게 이해하기
어려운 대화였던가? 아니면, 혹시, 의아함은 구름처럼
머릿속에서 자리를 잡아갔다.

점점 커져가던 의아함의 구름이 터져버린 건 2교시
수업시간이었다. 선생님은 소설 속 주인공의 감정에 관
해 얘기하면서 나를 지목했다.

"아리야, 아리가 한 번 대답해볼까? 이 주인공은 여기

서 왜 슬픔을 느낀 걸까?"

"모르겠어요."

"한 번 천천히 생각해보자. 주인공에게는 아이가 있었지. 아이는 주인공과 함께 살 수 없게 되었어. 아리는 부모님과 떨어져서 살면 어떨 거 같아?"

"모르겠어요."

"음, 그렇구나. 부모님은 아리가 없어지면 슬퍼하시지 않을까?"

분개는 순간적으로 치밀어 올랐다. 주체할 수도 없이 갑작스럽게 괴성이 터져 나왔다. 더욱 참을 수가 없었던 건, 내가 고래고래 말이 되지 못한 소리를 지르고 있을 때도 선생님은 가만히 교탁 앞에 서서 나를 지켜보고 있던 것이다. 반 아이들 그 누구도 울음을 터뜨리거나 나를 저지하려고 들지 않았다. 그저 우울하거나 슬픈 표정으로 묵묵히 소리 지르는 나를 바라볼 뿐이었다. 한참을 미친 사람처럼 소리를 지르던 나는, 교실의 분위기에 그 어떤 균열도 내지 못하고 자리에 주저앉았다.

"왜 다들 그래요? 엄마도, 아빠도, 선생님도, 너희들까지 전부 다, 왜 자꾸 그런 걸 이해하라고 해요?"

"아리는 이해할 수 없는 것들에 대한 질문을 받아서 불쾌했던 거구나."

"그따위로 말하지 말라고요! 나한테 그렇게 대하지 말라고요!"

"아리가 뭐가 불쾌한 건지 천천히 얘기해볼까? 선생님이 어떻게 말해서 아리를 기분 나쁘게 한 걸까?"

도저히 참을 수가 없었다. 이번에는 분해서 눈물이 치솟기 시작했다. 소리를 지르며 통곡을 했다. 닥치는 대로 여기저기 비난을 시작했다. 선생님이 되어서 그걸 나한테 묻는 거냐, 너희들도 아주 다 끔찍한 인간들이다, 이렇게 사람이 소리를 지르고 괴로워하는데 가만히 구경만 하는 거냐, 이 학교는 지옥 같다. 내가 무슨 말을 뱉는지도 모르면서 수없이 말들이 쏟아져 나왔다. 마찬가지로 교실의 적막함은 깨지지 않았다. 울고 소리지르다 지친 내가 먼저 입을 다물었다. 울음 끝이 약간 가신 한참 뒤에야 광모가 나직하게 입을 열었다.

"아리야, 아리가 소리를 지르고 화를 내면 나는 슬퍼."

선생님은 아까 슬픔을 느끼는 과정을 이해하느냐고 내게 물었었지. 이가 갈렸다. 나는 주먹을 들어 광모의 얼굴을 내리쳤다. 광모는 비명 한 번 지르지 않고 자리에 털썩 주저앉았다. 선생님이 빠른 속도로 걸어와서 나를 품에 안았다. 선생님의 품에서는 약간 달콤한 버터 냄새 같은 것이 났다. 나는 버터 냄새를 맡으며 손을 버둥거렸다. 선생님의 등에 주먹질했다. 선생님은 그래도 나를 놓지 않았다.

"괜찮아, 아리야. 지금 이해 못해도 괜찮아요. 어른이 되어서는 이해할 수 있을 거야."

"몰라요. 어른이 되어서 뭘 어떻게 한다는 거야. 나는 어른이 되어서도 이해할 수 없어요."

"아니야, 그렇지 않아요. 아리는 어른이 되면 이해할 수 있을 거야."

"아니라니까요. 절대로 아니에요. 내가 알아요. 나는 어른이 되어서도 이해할 수 없어요. 그게 안 되는 꿈을

꾸었어요. 어른이 되어봤자 소용이 없어요. 확실해요."

선생님은 대답하지 않았다. 대신 나를 계속 꼭 안아주었다. 선생님이 나를 안아주는 동안, 아까 나에게 얻어맞은 짝이 손을 뻗어 내 등을 쓰다듬었다. 명백한 굴욕감, 모욕감이 전신을 휘감았다. 나는 숨막히는 다정함 속에서 실제로 숨을 제대로 쉴 수 없을 때까지 계속 흐느껴 울었다.

엄마가 데리러 왔을 때쯤에는 그야말로 몸도 마음도 너덜너덜해졌다. 웃지도 울지도 못한 채 힘이 빠져서 터덜터덜 차를 향해서 걸었다. 걷는 동안 마주친 아이들은 반갑게 손을 흔들었다.

"아리야, 조심해서 돌아가!"

"내일 보자!"

아동용 공익방송처럼 인사를 하는 아이 중에는 광모도 있었다. 분명 새빨갛게 되어, 멍이 들지 않을까 했던 광모의 뺨은 어느새 멀쩡한 빛깔로 돌아와 있었다. 광모는 굳이 엄마에게도 고개를 숙여 인사를 건넸다. 엄마는 웃으며 광모에게 손을 흔들었고, 나는 엄마의 옆

자리에 앉아서 아무 말 없이 가만히 눈을 감았다. 집으로 가는 길도 물론 아름다웠겠지만, 잠이 든 나는 알 수가 없었다. 아니, 정말로 아름다웠던 게 맞을까? 잠들었으니 확신할 수도 없다. 어쩌면 집에 가는 길은 조금 달랐을지도 모른다. 엄마는 잠들어버린 나를 굳이 깨우지 않았다. 잠들어 있는 동안 몇 가지 어렴풋한 기억이 있었다. 엄마가 틀어놓은 가벼운 피아노 음악이 귓전에서 달랑거리는 감각, 깃털처럼 포근한 무언가가 몸을 서서히 감싸는 감각 같은 것들. 엄마가 잠든 내게 담요라도 덮어준 건가 했지만, 눈을 떴을 때 몸 위에는 아무것도 없었다. 짧은 시간 동안 어이가 없을 정도로 푹 잠든 느낌이었다. 도리어 그 느낌에 화가 치밀었다.

방문을 열고 들어가자마자 나는 책꽂이를 뒤집어엎었다. 의자를 내동댕이쳤다. 침대의 이불을 들어서 창밖으로 집어던졌다. 손에 잡히는 대로 아무 물건이나 들고 책상을 내리쳤다. 아무런 영향이 없을지도 모른다고 생각했지만, 의자로 있는 힘껏 내리치자 책상이 우그러들었다. 소리를 지르면서 작고 예쁜 방을 때려 부쉈다. 그림 같은 커튼이 찢겨 나갔고, 책등이 뜯겨 나갔다. 우당탕탕 소리에 놀라서 들어온 엄마는 아무 말도 없이 입을 딱 벌리고 벌어진 광경을 바라볼 뿐이었다. 방문이 열리고 엄마가 들어오자마자 나는 엄마를 향해 책을 집어던지고는 들개처럼 으르렁거렸다.

"엄마랑 아빠가 시키는 미친 사람들 같은 포근한 가족놀이 안 할 거야."

"아리야, 그게 무슨 소리야."

"꺼져. 엄마도 아빠도 모두 꺼지라고. 나는 오늘 엄마 아빠가 상황을 설명해주는 드라마도 안 볼 거야. 온 가족이 둘러앉아서 다정하게 먹는 저녁 식사도 싫어. 죄다 안 할 거라고. 나한테 모델하우스처럼 굴지 마. 내가 그런다고 속을 줄 알아?"

"아리야….'

"난 안 바뀔 거야. 절대로 싫어. 다 죽어버려."

엉망진창이 된 방에서 가만히 서 있는 엄마를 지나쳐 나는 화장실로 향했다. 거칠게 변기 뚜껑을 열어젖히고 그 위에 앉았다. 힘을 쓰고, 소리도 너무 많이 질러서 금세 기진맥진해진 상태였다. 또르륵, 오줌발이 떨어지는 소리는 그 와중에 어이가 없을 정도로 고요하고 잔잔했다. 조금 전에 저지른 일은 마치 없었던 일처럼 느껴졌다. 비슷한 일을 예전에도 겪은 것 같았다. 격렬한 분노와 싸움, 논쟁 끝에 벌어진 엉망진창인 방. 그리고… 이제 내가 방으로 돌아가면 엄마는 뭐라고 할까.

약간의 기대와 불안을 안고 방으로 돌아오자, 방은 정말로 말끔해져 있었다. 농담이 아니라, 정말이었다. 엄마가 급하게 방을 치운 것도 아니었다. 책상도 책도 커튼도 아까 있던 자리에 그대로 남아 있었다. 창밖으로 던진 이불은 요정들이 가져다 놓기라도 한 것처럼 그 자리에 그대로 돌아왔고, 분명 우그러뜨렸던 책상도 원래 모양새로 돌아와 있었다. 책상이 우그러졌던 자리를 매만졌다. 흔적조차 보이지 않았다. 마치 어제 산 책상처럼 매끈했고, 가만히 들여다보니 아주 작은 홈조차 없었다.

아주 어릴 적의 기억이 문득 떠올랐다. 나는 엄마에게 어떻게 엄마는 엄마로 있을 수 있느냐고 물었었다.

내가 세상을 바라보는 것처럼 엄마도 세상을 바라보느냐고, 어떻게 그런 일이 생길 수 있느냐고 물었다. 엄마는 처음엔 내 질문을 아예 이해하지 못하고, 의아하다는 듯이 한참 내 얼굴을 들여다보기만 했다. 나는 손을 뻗어서 엄마 얼굴을 만졌다. 내가 손끝으로 엄마를 만지는 것처럼, 엄마도 손끝으로 나를 만지면 내가 느껴지냐고 물었다. 엄마는 내 얼굴을 만지며 당연하다고 답했다. 그게 이해가 안 된다고 하자, 엄마는 살짝 웃었다. 우리는 모두 다르지만, 서로가 그렇게 생겼다는 걸 아는 거라고 했다. 하지만 그게 정말일까. 깨끗하게 다시 정리된 방에 들어온 엄마에게 손을 뻗었다. 엄마의 뺨이 만져졌다. 엄마는 뺨에 닿은 내 손을 꼭 잡았다. 우리 엄마가 이렇게 생겼던가? 어쩌면 아닐지도 모른다.

"엄마, 내가 없는 자리에서 엄마는 어떻게 있어?"

"그게 무슨 말이야?"

"내가 학교에 가고, 저녁을 먹지 않을 때, 내가 엄마를 보고 있지 않을 때. 내가 없을 때도 엄마는 있어?"

"아리가 없으면 엄마가 무슨 의미야. 엄마는 아리랑

함께 행복하려고 세상에 살아."

"그래. 정말로 사는 건 아니겠지만."

엄마는 아무런 이견도 내지 않았다.

"엄마는 아리를 사랑해. 아빠도. 너무 많은 사람이 아리를 사랑한단다. 그것만 기억해주면 돼. 알지?"

나는 대답하지 않았고, 엄마는 방을 나섰다. 문이 닫히는 소리를 듣고서, 나는 서랍에서 노트를 꺼냈다. 엄마가 이 방에서 나가는 건 시선을 피하는 데에는 별 의미가 없을 것이다. 그런데도 나는 엄마와 달리 물성을 가진 사람으로 태어나고 자라서 누군가의 시선을 피하는 습성을 어찌할 수가 없다.

노트에는 어제 썼던 굴욕적이라는 글자가 뚜렷하게 보였다. 처음에 이 글자를 썼을 때는 무슨 의미인지 정확하게 알고 있었을 것이다. 하지만 금세 머릿속에서 의미는 사라졌다. 지금 나는 이 글자의 의미를 다시 되새길 수 있었다. 굴욕감은 한 번으로 그친 게 아니었다. 몇 번씩이고 반복되었다. 아마도 나를 사랑한다고 하는 그 '너무 많은 사람'이 준 것이리라. 아니, 그 '너무 많은 사람'은 정말 많은 사람일까. 엄마가 지금 무엇을 하는지 알지 못하는 것처럼, 학교의 친구들도 무엇을 하는지 알 수 없었다. 아니, 학교가 지금 남아 있는지도 알 수 없는 노릇이다. 작은 소녀로 이 세계에 굴러떨어진 게 이번이 처음은 아니었다. 키가 더 작을 때도 있었고, 덩치가 더 클 때도 있었고, 조금 더 나이가 들었을 때도 있었지만 언제나 정체 모를 굴욕감을 안은 채 여기로 굴러떨어져 왔다. 나를 중심으로 짜인, 완전한 공간, 어디론가 굴러가는 기이한 꿈속. 꿈에서 깨어나면 당연하다는 듯 현실은 꿈에서 멀어져간다. 이전에 꾸었던 꿈은 도무지 기억나지 않는다. 아주 어렴풋한 잔상만이 남았다.

마치, 이 노트 위에 쓰여진 굴욕적이라는 글자처럼.

이 방에 들어온 첫 기억을 다시 돌이켰다. 그 이전 기억은 없었다. 엄마가 얘기했던 그 이전 기억은 사실이 아니었다. 아무리 거짓말을 하려고 해도, 거기까지 속일 수는 없다. 아니, 이전의 어떤 꿈에서는 거기까지 속았던 기억도 있었다. 하지만 적어도 이 꿈에서는, 꿈이 아니라 현실일 수도 있지만, 적어도 이 세계에서는 속지 않을 요량이었다. 방에 들어와서 노트를 꺼낸 다음, 책을 읽었던가. 아니, 책을 읽은 다음이었나. 제일 처음 그 책이 눈에 띈 건 어느 만큼의 '계획'인가. 책꽂이를 바라보자, 여러 책 사이에서 마찬가지로 그 책의 금색 책등만이 뚜렷하게 눈에 띄었다. 나는 굳이 다른 책으로 시선을 돌리지 않고, 손을 뻗어 예의 그 책을 꺼냈다. 계획된 거라면, 그 안에서 움직여서 그 의도를 찾아내주겠어. 책을 펼치면서, 나는 문득 깨달았다. 나는 열 살이라기엔 너무 이상한 방식으로 생각을 하고 있었다. 그러니까, 아마 이것도 꿈일 것이다.

토끼굴 속으로 들어간 소녀는 갑자기 작아진 25센티미터의 작은 키로, 탁자 다리를 기어 올라가려다 눈물을 쏟았다. 엉망진창으로 작아지고 커지는 자신을 지켜보다가, 자신이 누구인지 알 수 없어 불안에 떨었다. 동물들 혹은 식물들과 대화를 나누며, 괴상한 선문답을 나누며 알 수 없는 곳으로 향했다. 나는 손가락으로 한 부분을 짚었다. 그 문장은 다른 문장들 속에서도 눈에

띄게 반짝이며 빛나고 있었다. 아니, 정말로 빛이 나는
건 아니었지만 유난히 시선을 끌었다. 이 꿈이 의도하
는 바임이 분명했다.

*그 토끼굴로 들어오지 말았어야 했어. 하지만… 이런
인생도 재미는 있어! 앞으로 나한테 또 어떤 일이 벌어
질까?*

나는 피식 웃었다. 주먹으로 책을 내리쳤다.
"아니, 아니야. 이상한 걸 강요하지 마. 나는 지금 내
가 아니야. 나는 나를 찾을 거야."
머릿속에 학교에서 있었던 일, 어제 집에서 들었던
말, 오늘 벌였던 모든 일이 거칠게 몰아치기 시작했다.
내가 생각하는 게 아니었다. 이 꿈이 나에게 강요하고
있는 것이었다. 한 가지 메시지가 선명하게 떠올랐다.
어른이 되면, 어른이 되면 더 잘할 수 있어. 다른 사람의
마음을 읽을 수 있어. 외톨이처럼 틀어박혀서 꿈만 꾸
지 않아도 돼. 아직은 어려서 그럴 뿐이야. 사랑해주는

사람들 사이에서, 조금 더 나이가 든다면 남과 부대끼는 건강한 방법을 꼭 배울 수 있어. 선생님은 다정하게 내게 말했다. 엄마도 걱정하지 말라고 했다. 그저 사랑받는 존재라는 사실을 잊지 말라고 했다. 나는 이를 악물고 책을 휘리릭 넘겼다. 내게 절대로 보여주지 않으려는 어떤 장면이라도, 이 책에서 찾아내고 말 생각이었다. 눈에 띄는 구절들을 의도적으로 흘려넘겼다. 내 눈에 띄지 않으려는 바로 그 구절을 찾아낸다면, 이 미친 꿈에서 벗어날 수 있을 거라는 확신이 들었다. 분명 이전에도 그렇게 꿈에서 깼던 기억이 났다.

작은 삽화가 살짝 흐리게 보였다. 삽화가 흐려지는 걸 발견하자마자 악착같이 그 페이지에 달라붙었다. 이번엔 글씨들까지 살짝 흐려지기 시작했다. 아니, 절대로 네 뜻대로 쉽게 되진 않아. 페이지에 있는 글자는 별것도 아니었다. 목만 남기고 사라지는 이상한 고양이와 주인공 소녀의 대화였다.

"여기서 어느 길로 가야 하는지 가르쳐줄래?"

"그건 네가 어디로 가고 싶은가에 달려 있어."

"어디든 상관없어."

"그렇다면 어느 길로나 가도 돼."

"…어디든 도착만 한다면."

"또 이러는데요."

새 틀에 넣은 지 기껏해야 30분 만이었다.

"제가 보기엔 이거 팀장님 스타일 문제도 있어요. 자꾸 너무 전형적인 걸 만드니까 금방 들키는 거잖아요."

말을 들은 여자는 어깨를 으쓱했다.

"우리가 지금 들키고 안 들키고가 메인은 아니잖아. 좀 들키면 어때."

"아, 자꾸 새 틀을 구상해야 하니까 그렇죠. 거기다가 뭔 짓을 저지를 줄 알고 이렇게 금방 들켜요. 저번엔 자살했잖아요. 자살 같은 거 하면 원래 몸에도 어쩔 수 없이 쇼크가 온다고요."

여자는 치아로 빨대를 싸고 있는 비닐을 뜯으면서 심드렁하게 대답했다.

"좀 올 수도 있지. 원래 사람은 다 쇼크 먹으면서 살아가는 거야. 살면서 쇼크 안 받을 수가 있어? 자기도 계속 쇼크 받으면서 살아왔을 거 아니야. 여기서 자살

하는 거랑 실제로 자살하는 거랑 비교가 되나."

"팀장님은 너무 사람을 사람으로 안 봐요."

"아니야, 나 엄청 사람으로 보고 있어. 자기보다 훨씬 더 사람으로 보고 있을걸? 거기서 이 세계 저 세계 옮겨 간다고 쇼크 걱정이나 하는 자기가 내가 보기엔 훨씬 문제적이야. 자기가 뭔데 그렇게 위에서부터 내려다보 듯이 사람을 판단해?"

연구원은 지겹다는 듯 고개를 절레절레 저었다.

"어떻게 할지나 결정해주세요. 여기서 종료해요, 계 속 가요?"

팀장이라고 불린 여자는 작은 화면 속을 흥미롭게 들 여다보았다. 재미있는 실험체였다. 이 여자를 위해서 구축한 세계만 벌써 다섯 번째였다. 이전의 세계에 대 한 기억을 어렴풋이 가지고 있는 경우는 종종 있었지 만, 이렇게 이전의 세계가 다음 세계에 영향을 미치는 경우는 처음 보았다. 어쩌면 전생의 기억처럼 작동하는 걸까. 여자는 지금 '아리'가 실제로는 어떤 표정을 짓고 있는지가 너무 궁금했지만, 화면 속 그녀의 신체는 이

곳에 있지 않았다. 화면 옆에 떠워진 작은 글자를 들여다보았다. 코드명은 앨리스. 팀장은 그녀(작명을 보니 아무래도 여자겠지? 하지만 어쩌면 남자일지도 모른다)가 여기까지 흘러오게 된 경위를 몰랐다. 무슨 죄를 저지른 건지, 자신이 스스로 교정을 시도한 건지, 뭐가 문제인지 전혀 몰랐다. 당연히 알아선 안 되는 거긴 했지만.

팀장은 지금까지 수많은 사람을 위해 새로운 세계를 만들었다. 반사회적 범죄를 저지른 이들을 교화시키기 위해 새로운 신체를 덮어쓰는 메타버스 시스템을 도입한 건 인도적으로도 훌륭한 일이었다. 아예 어린 시절부터 새롭게 구성해서, 훌륭한 양육환경을 조성했다. 타인을 이해할 수 없는 이들에게 그게 가능하도록 양육 과정을 경험하게 해주는 건 얼마나 아름다운 일이었던가.

이 시스템이 도입되고 나서, 적극적으로 그 시스템 속에 들어오고 싶다고 한 사람들도 있었다. 어릴 때의 양육환경 때문에 성격적으로 스스로 문제가 생겼다고 느끼는 이들, 학창시절의 소외들이 해소되지 않아서 망가졌다고 느끼는 이들이 비싼 돈을 내고 메타버스 시스템 안으로 들어왔다. 어떤 이들은 사랑받는 동물을 경험하기도 했고, 소위 말하는 '정상가정' 속에서 아버지나 어머니가 되는 경험을 하는 이들도 있었지만, 대부분이 원하는 건 역시 어린 시절로 돌아가는 거였다. 네 살, 여섯 살, 열 살, 열두 살. 한 달 정도만 있으면 10년의 세월을 대신 경험할 수 있었다.

메타버스를 만드는 이들에게 이 사람이 이전에 어떤 삶을 살았는지는 철저히 비밀에 부쳐졌다. 마땅히 그래야 했다. 만약 심각한 범죄자라면 실험체로 바라보기 힘들 것이고, 괜한 처벌을 하고 싶어질지도 모른다. 슬프고 안타까운 사연이 있다고 해도 괜한 감정이 들어갈 수 있었다.

팀장은 화면 속의 여러 삶이 실제 삶이라는 걸 잊지 않았다. 하지만 의식적으로 잊으려고 노력하기도 했다. 그걸 너무 많이 생각하다가는 제대로 세계를 구성할 수 없었기 때문이다. 수많은 삶이 다시 태어나는 걸 지켜보는 건 재밌고 의미 있는 일이었다. 자신이 누굴 바꿨

166

는지 정확히 알 수도 없었지만 교화된 이들 중 일부는 타인과 공존하는 새로운 세계를 처음으로 경험해본다며 팀장에게 찾아와서 굳이 눈물을 흘리며 감사 인사를 전하기도 했다. 뿌듯한 직업이었다.

문제는 이 여자였다. 이 여자가 실험실에 배정된 건 닷새 전이었다. 만드는 모든 세계마다 깔끔하게 무너뜨리는 굉장한 저력이었다. 처음 만들어준 세계에선 온 집안에 불을 지르고 부모를 살해했다. 강아지로 만들어준 세계에선 어찌할 바를 모르다 자기 집 수영장에 빠져서 자살하고 말았다. 여자아이로도 만들었고 남자아이로도 만들었지만, 며칠 지나지 않아서 세계의 비밀을 파악하고는 어떻게든 세계를 망가뜨렸다. 어느 세계에서건 앨리스는 반복적으로 '모멸' '굴욕' 같은 단어에 집착했다.

팀장은 앨리스를 열심히 읽고 있는 화면 속 앨리스를 손가락으로 천천히 쓰다듬었다. 해서는 안 되는 상상이 팀장의 머릿속에 꽉 들어찼다. 당신은 어떤 삶을 살아온 사람일까. 내가 매번 만들어주는 것처럼 안정적이고 풍요로운 삶을 살았을까. 아니면 험하고 거친 곳에서 살았을까. 팀장이 어릴 적 살았던 소도시에는 쪽방촌이 있었다. 그런 곳에서 거친 삶을 버텨낸 걸까. 누군가를 사랑했던 적이 있었을까. 결혼은 했을까. 아이는 있었을까. 아니면 나처럼 고양이와 함께 사는 싱글 여성이었을까.

이런 상상을 하는 게 문제가 있다는 걸 누구보다 잘 알고 있었지만, 여러 번 시스템을 박살 내는 이 사랑스러운 인물 앞에서는 생각이 멈추질 않았다. 굳이 앨리스를 찾아서 거기서 체셔를 읽고 있다니.

"팀장님, 일부러 그랬죠."

"뭐가?"

"앨리스가 빠져나가는 거 솔직히 재밌어하고 계시잖아요."

"신기하긴 하지. 분명히 과거를 지워버리겠다고 온 건데, 과거가 없어진다고 굴욕감을 느끼는 건."

연구원은 톡톡 바닥을 손톱으로 두들기면서 중얼거렸다.

"뭐, 사람은 자기 역사를 그 나름대로 존중받고 싶을 수 있죠."

"다 망가진 역사라고 해도? 우리가 여기서 다루는 사람 중에서는 연쇄 강간 살인마도 있을 수 있잖아."

"우리가 존중하는 거랑, 자기가 존중받고 싶은 건 별개잖아요."

팀장은 살짝 미소를 짓고 입을 다물었다. 하고 싶은 말을 아끼는 게 더 낫겠다는 판단이 들었다. 우리가 존중하는 게 대체 무슨 의미가 있어. 우리가 존중하지 않는다고 하더라도, 누구의 역사도 그 나름대로 중요하지. 존재하지 않는 행복을 외삽하는 방식으로 행복해질 수 있다면, 그것도 나쁜 일은 아닐 것이다. 그 역시 개인의 역사로 축적되겠지.

역시 팀장은 자신이 하는 일이 뿌듯했다. 하지만 외삽을 끝끝내 거부하는, 다 망가진 자기의 역사를 온몸으로 지키고 싶은 사람이 있다면, 이 일은 어떤 의미가 될까.

"너, 그런 생각은 안 해봤어? 억지로 납치되어서 여기

로 보내진 케이스가 있다던가."

"말이 되는 소리를 하세요. 검역이 얼마나 철저한데."

"그렇지?"

물론 아닐 것이다. 아니라는 걸 알고는 있지만, 여기까지 오게 된 앨리스의 마음이 궁금하기는 한 것이다. 어째서 외삽되는 행복을 거부하는지. 행복이 손끝에 잡히는 순간마다 스스로를 파괴하면서까지 지키려고 하는 역사의 단단한 실물은 무엇인지.

"그래서 어떻게 하실 거냐구요."

"글쎄다…."

팀장은 다른 프로그램을 돌리기 시작했다.

"새 틀은 만들어보고 있을게. 우선은 그대로 둬보자고. 이번엔 우리 앨리스가 얼마나 성대한 탈주극을 벌이는지. 탈주하고 나면 바로 다른 틀로 올리면 되지."

"기존 틀 안 쓰실 거예요?"

"절대로 싫어."

이번에는 어떤 틀을 만들까. 조금 더 경제적 수준을

낮춰보면 녹아들까. 32평짜리 아파트에서 작은 고양이를 키우며 사는 4인 가족을 구성하면서, 팀장은 앨리스가 아직도 원래 기억이 있을지를 생각했다. 원래 기억이 있다면 무의식의 영역일까, 의식의 영역일까. 굴욕감을 반복적으로 느낀다는 건, 절대로 아이가 되고 싶지 않다는 건, 망가져버린 자기 역사를 존중하고 싶다는 건, 팀장은 순간적으로 놀라운 것을 깨달았다. 앨리스는 아주 작은 긍지를 붙들고 긴 싸움을 하는 중이었다.

『이상한 나라의 앨리스』는 그 어떤 고전보다도 다양한 스핀오프를 즐길 수 있는 작품입니다. 성장기의 소녀가 꾸는 신비한 꿈이기도 하지만, 어린 시선으로 들여다본 기괴한 세상이기도 하고, 무의식으로서 현실을 비추는 잔혹한 이야기로도 여겨집니다.

가장 좋아하는 스핀오프는 〈아메리칸 맥기의 앨리스〉입니다. 게임 속 앨리스 리들도 자기 자신을 지키기 위해 고군분투합니다. 기괴함이 극대화된 그래픽과 섬뜩한 붉은 하늘도 좋아하지만, 트라우마를 극복하고 현실로 돌아오기 위해 피가 떨어지는 식칼을 휘두르는 앨리스는 몹시 아름답습니다.

앨리스에는 다양한 해석이 있지만, 좋아하는 작품부터 지금 써 놓은 작품까지, 저는 앨리스가 현실에서 괴리되어 유폐된다는 설정에 가장 큰 매력을 느꼈던 모양입니다. 『이상한 나라의 앨리스』에서도 앨리스는 자아를 잃어버릴 수많은 위기에 놓입니다. 몸의 생김새가 달라지자, 학교에서 만난 다른 아이처럼 멍청해질지도 모른다고 울음을 터뜨리기도 하지요. 신체와 정신이 일치한다는 걸 아주 잘 이해하고 있는 똑똑한 소녀입니다.

앨리스의 여행은 자신을 잃어버리지 않기 위한 여행입니다. 내가 누군지 잊을까 봐 앨리스는 계속 두려워하고, 체셔를 만날 때마다 그걸 확인받으려 듭니다. 온갖 이상한 사람들을 만나 미쳐버릴 것 같은 상황에서도 앨리스는 강고하게 자기 자신을 지킵니다. 그래서 결국은 언니와 고양이가 기다리고 있는 현실로 돌아오지요.

제 소설 속의 앨리스도 그게 가능할진 잘 모르겠습니다. 현실은 동화가 아니니까요. 하지만 『이상한 나라의 앨리스』는 튼튼하고 꿋꿋한 소녀니까, 부디 잘 버텨주기를 기대하고 있습니다.